HINT

HINT

甲賀三郎 著

侯詠馨 譯

血型殺人事件

「O×A↓B？」，甲賀三郎推理小說選集

導讀

甲賀三郎——日本早期推理文壇的健將

◎林斯諺／推理小說作家、東吳大學哲學系副教授

甲賀三郎（一八九三—一九四五）活躍的時代與其他日本早期推理作家重疊，如大阪圭吉、大倉燁子、海野十三、坂口安吾、蘭郁二郎、久生十蘭……等等，其中也包括日本推理小說之父江戶川亂步（一八九四—一九六五）。

亂步於一九二三年四月發表日本推理小說的奠基之作〈兩分銅幣〉，四個月後甲賀三郎發表〈珍珠塔的秘密〉，這篇小說也是應徵《新趣味》雜誌徵文比賽

並獲得一等入選的作品。從時間點來看，足見甲賀三郎的推理創作潛力，而他後續的成就也的確讓他成為日本推理史早期不可被忽視的人物。

甲賀三郎畢業於東京帝國大學，專業是應用化學，後來也從事相關工作。從他的小說可以看出理工背景的影響，許多作品直接應用科學知識，這點與海野十三十分相似。此外，他的作品佈局複雜、推理嚴密，但不拘於本格推理，顯現出靈活多變的性格。一般認為他的長篇代表作是取材自真實事件的《支倉事件》。

本選集選錄甲賀三郎短篇推理小說五篇，包括〈珍珠塔的秘密〉、〈特快車十三小時〉、〈鎳製紙鎮〉、〈踏入陷阱者〉、〈血型殺人事件〉。每篇都展露出作者精巧的構思。

〈珍珠塔的秘密〉是以物品失竊為主題的作品。自從推理小說之父愛倫・坡（Edgar Allan Poe）在短篇〈失竊的信〉（The Purloined Letter）開創物品失竊之謎，後世推理作家便前仆後繼地構思出各式各樣的失竊謎團。本作失竊的物件是在展覽會上展出的「珍珠塔」，是重量約五點六公斤、以珍珠裝飾的華麗工藝品。珍珠塔在某天夜裡被掉包成贗品，於是製造珍珠塔的商會委託偵探橋本進行調查，後續牽扯出錯綜複雜的陰謀。作為甲賀三郎的初試啼聲之作，本作相當成功，不但設局精細，作為核心謎團的盜竊手法也十分巧妙，讀後餘味極佳。

〈特快車十三小時〉又展現出甲賀三郎靈活多變的一面。故事以綁架詐欺案為始，描述第一人稱的「我」詐騙了一大筆錢，「我」帶著錢要搭火車去與朋友會合，事前卻遭到恐嚇。於是「我」聘請私家偵探同行保護自己，沒想到上車後對面卻坐了兩名奇妙的人，於是展開一場「諜對諜」的精采鬥智。本作敘事口吻十分幽默，讓人在閱讀過程中數度忍俊不禁。故事以一種「莫名其妙」的荒謬感製造懸疑，讓讀者丈二金剛摸不著頭腦，不懂故事到底「在演什麼」，結尾又來個峰迴路轉，讀者才明瞭背後的全盤設局。這篇的幽默感與〈血型殺人事件〉的悲慟感形成強烈對比，顯現出甲賀三郎多面向的敘事口吻。

〈鎳製紙鎮〉與〈血型殺人事件〉同樣是本選集具有分量的代表作。本作不以懸疑感取勝，故事的展開是遵循步調較為緩慢的傳統凶案調查與解決之模式。然而，在故事的複雜度與結局轉折卻優於〈血型殺人事件〉，也未留下餘數，因此讀後餘味極佳。本作與〈血型殺人事件〉同樣涉及科學知識的運用，成為破案線索與犯案手法。此外，本作還涉及一個十分著名的橋段，就是「怪盜對名偵探」的情節。眾所皆知，法國作家莫里斯・盧布朗（Maurice Leblanc）將柯南・道爾（Arthur Conan Doyle）創造的名偵探福爾摩斯（Sherlock Holmes）放入自己的怪盜紳士亞森・羅蘋（Arsène Lupin）系列中，最知名的一本就是《怪盜與名偵探》（*Arsène Lupin contre Herlock Sholmès*）。在這本書中上演羅蘋與福爾摩斯精采的大對決，成為後世許多推理故事仿效的對象。當年盧布朗此舉遭到道爾與福爾摩斯迷的抗議，因此在小說連載完畢以單行本出版時，將福爾摩斯的名字改成「福洛克・夏爾摩斯」，形式上表示書中的名偵探沒有指涉福爾摩斯（但實際為何讀者都了然於心）。無論如何，盧布朗創造出「怪盜對名偵探」的經典橋段，這深深影響日本的推理作品。例如漫畫《名偵探柯南》中江戶川柯南與怪盜基德的對決便是一例。江戶川亂步也創作過類似作品，讓名偵探明智小五郎與怪盜「怪人二十面相」鬥智。而甲賀三郎的〈鎮製紙鎮〉巧妙的地方就在於把這一經典橋段翻新運用，把「怪盜對名偵探」改成「背地裡」的對決。也就是兩人不是明著來，而是隱藏身分互相鬥智。讀者也要讀到故事最後一刻，才能明瞭誰是偵探、誰是怪盜。甲賀三郎此一巧思，極具創意，因為並非直接套用經典橋段，而是翻新運用。這讓本作的可看性大大提升。

〈踏入陷阱者〉是一篇巧妙的犯罪小說。本作敘述因經濟狀況陷入走投無路的一對夫妻，決定殺害高利貸者來了結噩夢。孰料故事情節急轉直下，結尾令人不勝唏噓。這篇作品具備懸疑感，故事充滿不確定性，無法預測接下來的走向。讀畢之後卻又能讓人感受到設計的精細，也帶有犯罪故事慣有的人性與社會關懷。通篇仍帶有甲賀三郎一貫的精巧設計風格，是一篇佳作。

〈血型殺人事件〉是本選集說故事手法最引人入勝的一篇。全篇用第一人稱敘事，但卻沒有按照時間順序講述，猶如現代懸疑電影的正敘、倒敘穿插手法，透過章節切換來層層揭露事件細節與人物關係，成功製造懸疑感，引領讀者一氣呵成讀完，堪稱甲賀三郎的傑作之一。本作敘事者是以法醫為職志的醫學院學生，講述兩名醫學院教授——也是他的老師——之間的鬥爭以及三角關係。當其中一人離奇死亡後，撲朔迷離的案情隨即展開。甲賀三郎的故事總是設局精細，論理嚴謹，不似當代許多懸疑小說，只以製造懸念為目的，沒有加入太多推理元素。此作則是兩者完美融合。在推敲犯罪手法的過程，展現出猶如美國推理之王艾勒里．昆恩（Ellery Queen）的細密度。唯一美中不足的是，某個關鍵元素在結尾未獲得說明。就如同日本推理作家土屋隆夫的名言：「推理小說是除法的文學。」這意味著推理小說的結尾不能留有餘數，也就是未解釋完全的謎團。〈血型殺人事件〉留有餘數，似乎不符合甲賀三郎的風格。關於這點，我個人有一個猜想，但留待讀者自行解讀，在此不道破。除此之外，

目次

導讀／甲賀三郎——日本早期推理文壇的健將
◎林斯諺／推理小說作家、東吳大學哲學系副教授……002

短篇

珍珠塔的秘密……015
特快車十三小時……037
鎳製紙鎮……071
踏入陷阱者……109

中篇

血型殺人事件……139
作者簡介　甲賀三郎……218

短篇

珍珠塔的秘密

對於我們被當成共犯一事，我們也覺得十分遺憾，不過他到底是用什麼方式，把那座塔從那麼高的窗戶搬出去呢？

一

　　當漫長又鬱悶的梅雨季總算劃下句點時，接踵而來的是等待已久的酷暑，就連都會的大馬路都在正午時分暫時陷入人煙罕至的靜默之中，直到聽見豆腐店的喇叭聲，歸途的吵嚷聲才在傍晚的大都會漸次浮現，我頂著宛如午後雷陣雨般的嘈雜蟬鳴聲，穿越上野的森林，前往睽違多時的櫻木町，拜訪我的朋友橋本敏。由於我們交情很好，我也沒找人通報，直接敲了敲書房兼會客室的房門，走進房裡，只見他原本對著書桌像在思考什麼事，這時歪頭對著入口說：

「嗨，是你啊。好久不見。坐吧。」

「白天好熱，根本出不了門嘛。不過上野的森林還不差。」

「說到上野，你知道這次展覽的珍珠塔吧。」

朋友把電風扇轉向我這邊，

「你有沒有聽說什麼怪事呢？」

「沒有。我聽了各種評論，倒是沒聽說有什麼怪事耶。出了什麼事嗎？」

朋友沉默地遞給我幾張名片。一張是警視廳高田警部的名片，上面寫著「東洋珍珠商會的老闆下村豐造有事相求，請多多關照」，一張是東洋珍珠商會老闆下村豐造的名片，一張印著同一家公司的製作部主任佐瀨龍之助。

「剛才這兩個人好像來找我，」

等到我看完，朋友說：

「我正好不在家，他們說等一下再來，留下名片就走了。」

相信大家應該還記憶猶新吧，前幾年，東京舉辦XX博覽會的時候，其中一個展場展出一座號稱由知名M珍珠店耗資十萬圓製作的珍珠塔，撼動了世人。然而，本月起由XX省主辦的美術工藝品展覽會在上野竹之台召開後，近年來致力於與M珍珠店抗衡的東洋珍珠商會，終於嶄露頭角，推出了壯麗的珍珠塔，遠遠超越前幾年M商店的展覽品。我想大家都知道了，據我所知，這座塔的高度約三尺，外型仿效大和藥師寺的東塔，有三層副階周匝[1]，乍看之下像六層樓。每一層樓都由美麗的珍珠組成，尤其是沿著塔正面階梯拾級而上的入口處所鑲嵌的珍珠，不管是大小、形狀還是光澤，都是絕世罕見的珍品，自然也不難理解它要價三十八萬圓了。自從展覽會開辦以來，報社都大篇幅報導這則新聞，據某報記載，東洋商會挖角了M商店製作部的優秀工匠，命他打造這座珍珠塔；另一家報社則報導該名工匠因私德問題，遭到M商店掃地出門。我將從報紙上得知的內容，全都告訴我的朋友。這時，門鈴大響，書生[2]陪同兩位紳士走進來。

「我是橋本。」

友人起身說：

「這位是我的朋友岡田。」

「不好意思。」

年約五十，滿臉紅光，豐滿肥胖的紳士客氣地行禮，

「我是下村。」

看起來三十初頭，梳著一頭整齊旁分頭，膚色白皙又高大的紳士說：

「我是佐瀨。」

友人請他們坐下，說：

「今天很熱呢。……請問有何貴幹？」

商會老闆邊擦汗邊說：

「呃，不好意思，實在是不方便在外人面前提起這件事。」

「這點請您放心。岡田平常都跟我一起行動，請您別把他當成外人看待。」

「這樣啊。」

商會老闆總算平靜下來，

譯註1 指在建築主體外，另外加一圈迴廊的做法。

譯註2 寄宿在別人家，協助處理雜務、家事的學生。

「我就坦白說了。這次，我們在XXX省主辦的展覽會，推出了珍珠塔，發生了不可思議的事，所以我們立刻找上警視廳，不過對方表示這件事來拜託您比較好，雖然不好意思給您添麻煩，還是來拜託您了。報紙報導了很多事，不過我們並不是一心要與M商店對抗，而是我本來就喜歡這種東西，一直以來苦心鑽研，希望打造出東洋獨特的工藝品，讓海外人士稱羨。幸好在這方面，有了技巧精湛的佐瀨加入，如今總算能完成足以為人稱道的作品了。」

商會老闆說了以下的內容。六月二十日，展覽會開幕，過了四、五天，世人對珍珠塔的討論正好達到巔峰。這時商會來了兩位貴客。一個是外國人，自稱是美國富翁兼東洋美術品蒐藏家的麥卡利，另一人則是乍看之下很像外國人，實則為一名日本紳士，相當有名的花野茂議員，他出示的名片把商會老闆嚇了一跳。麥卡利似乎完全不懂日文，所以經由該名日本紳士以流利的英文口譯。他們的來意是麥卡利的女兒最近即將結婚，所以他要搭七月十日的蒸氣船回國，原本想要送那座珍珠塔給女兒當賀禮，不過價格太貴了，而且又不可能在展出期間帶走，希望商會能在兩週之內，為他打造一座十萬圓左右的仿製品。商會老闆與佐瀨工匠討論之後，開出八萬圓的訂單。日本紳士詢問：「請問能做得多像呢？」佐瀨回答：「品質一定比不上，瞞不過專家的眼光，不過可以做到一般人乍看之下看不出來的程度。」

對方非常滿意，立刻付了兩萬圓訂金，同時加上一個條件，逾期或與真品不夠相像時，將不履行合約的條件，隨後便離開了。後來，佐瀨花了兩個星期的時間，專心打造這座塔。這段期間裡，花野曾經打來一通電話，我方也回播電話，不過對方似乎不在家。到了交貨的日子，花野來了，看了成品欣喜若狂，立刻付清尾款，搭車回家去了。

於是這份工作順利完成，又過了兩、三天，今天早上佐瀨前往展覽會場，對自己的作品仍然引來大批人潮感到心滿意足，他隔著人群看了珍珠塔一眼，立刻神色大變。

「我今天早上差點嚇死了。」

佐瀨開口說：

「我忍不住撥開人群，湊到前面看。」

來到前方仔細一瞧，他乍看之下的直覺沒有錯，不知何時珍珠塔已經被換成仿製品了。

「門外漢可能看不出來，坦白說，有一個最確切的證據，我在製作仿製品的時候，礙於數量的關係，不得不使用一顆有瑕疵的珍珠，就鑲在屋簷下方，平常看不到的位置。」

商會老闆出聲附和，

「沒錯。直到他告訴我瑕疵珍珠的事之前，我也不敢相信珍珠塔竟然被掉包了。」

佐瀨立刻找來商會老闆，姑且先去找警衛。由於這是一個放滿貴重物品的地方，夜間特別請了兩個人輪班，徹夜看守。剛開始，警衛不太想承認，經過一番嚴厲的質問後，他們終於坦承，在兩天前的夜裡聽見玻璃碎裂的聲響，兩個人立刻衝出警衛室，正好看到一個小偷從天窗逃走，導致一片窗玻璃掉下來。他們緊急開門追到外面，對方已經逃走了。巡視會場後，發現珍珠塔已經被人從箱子裡取出，放在距離架子約一間[3]遠的位置。由於沒有其他損害，所以兩人討論過後，決定將塔擺回箱子裡，玻璃當成被風吹落的，假裝沒事發生。也就是說，警衛們以為竊賊沒有得手，不過真貨已經被偷走了，他們看見的是正要把仿製品搬進去的場面。接下來，佐瀨他們兩人向展覽會的辦公室提出申訴，然後又去了一趟警視廳，畢竟這是一件需要保密的工作，最後才來拜託橋本。

朋友終於開口，

「請問展示箱的鑰匙，平常在誰的身上呢？」

佐瀨回答：

「鑰匙有兩把，一把交給警衛，另一把在我這裡。」

譯註3　一間約於一．八公尺。

「請問塔的重量是多少呢？」

「三貫五百目[4]。有一座大理石的底座。」

「哦哦，真是不可思議的事件。好，這件案子我接了。我必須先去調查現場跟警衛。」

商會老闆非常高興，等到他跟佐瀨一起離開，橋本立刻打電話到警視廳。

「喂，高田嗎？對，就是那件案子，我想請你幫個忙，讓我在夜裡進入展覽會場。哦？麥卡利昨天回國了。確實有這個人吧？你說他好像沒買珍珠塔？飯店的服務人員看到日本人帶回去了？這樣啊。花野好像是假名？我想也是。不過他跟花野好像有關係？哦哦，畢竟他是一個可以跟外國人溝通的傢伙嘛。我才要感謝你。好，我馬上就去展覽會場。再見。」

他對我說：

「你要不要一起去現場啊？」

二

夏季漫長的陽光終於西斜，天色已近黃昏。上野的山內有幾群穿著顯眼的浴衣[5]出門乘涼的男女，三三兩兩地走在街頭。

兩名警衛在展覽會場等候。幸好兩人正好輪到前天晚上值班，他們立刻引領我們到現場。

會場內安靜無聲，由於夜間不展出，在寬敞的會場天花板，只有兩盞燈光投照讓人昏昏欲睡的微光，與日間聚集都會人氣，擠滿大量人潮的情況相比，沒有人的會場顯得更安靜了。一名警衛是年紀超過六十的高大老人，另一名好像是退伍軍人，是一個身材微胖，看起來很結實，年約四十的男子，看起來都像是老

譯註4　一貫為三．七五公斤。一目為三七五公克。故此塔重量約為五．六公斤。

譯註5　沒有內裡的和服。

實人。

出事的塔安放在正面入口的右手邊，置於一個玻璃的櫃子裡，即使在夜裡，滑潤的豔麗表面仍然綻放著澄淨的光采。竊賊逃脫的窗戶距離地面十五尺高，是其中一扇環繞會場的天窗，牆邊擺放著整排的陳列架，高度是九尺，所以窗戶開在距離架子頂端上方的六尺處。

「是。發現的人是我。」

年輕的警衛回答朋友的提問。

「我正好看到他跳出去。對，每一個入口都上了鎖。千真萬確。我們還花了一些時間開門，才會讓竊賊逃走。對於我們被當成共犯一事，我們也覺得十分遺憾，不過他到底是用什麼方式，把那座塔從那麼高的窗戶搬出去呢？」

朋友目測著窗戶的高度，仔細調查架子四周，最後雙手盤胸，開始瞑想。我知道現在是朋友絞盡腦汁的時刻，所以我沉默地看著他。

朋友突然發問：

「請問你是在聽見窗玻璃掉落的聲音之後，才發現事件，沒有錯吧？」

「沒有錯。玻璃碎片散落一地，其他地方的玻璃都沒有破裂。」

朋友再度陷入深沉的瞑想。

不過，他又突然想到什麼似的，向警衛致意之後就離開會場。在山下的菊屋吃完晚餐，朋友說要去神田。我乖乖跟著他走。

「警衛發現之後，並沒有立刻通報，別說是指紋了，根本什麼證據都沒有。」

朋友在路上說：

「警衛應該是清白的。」

我們在神保町車站下車。這一帶的小巷有如迷宮，我們走了兩、三丁[6]遠，來到某座建築物前，他停下腳步，突然按了門鈴。我嚇了一跳，看了一下門牌，上面寫著花野茂。待傭人出來後，橋本說想要跟花野先生見面。

譯註6　一丁約為一〇九公尺。

冷淡的傭人說：

「議員現在去旅行了。」

「我已經在報紙上得知這個消息。」

朋友說：

「不過我有一件煩惱的事，務必要拜託議員，我今天早上在電車上碰巧遇上以前在外國見過的人，我一時忘了他的名字，不過他似乎跟府上熟識，跟我說議員應該在家。」

「怪了。是誰啊？」

傭人轉頭向書生同伴說：

「說到外國，應該是田村先生吧。不過他應該知道議員出門了。」

「他的身高挺高的，有點像外國人。」

「那就是田村先生了。他為什麼要說這種話啊。」

橋本迅速發問：

「請問田村先生現在在哪裡呢？」

書生滿臉猜疑地回答：

「他應該住在駿河台的保命館吧。」

「非常感謝您。」

朋友道謝之後就走出來了。接著直接前往駿河台。最近才增建的保命館是這一帶最大的旅館。不知道是幸運還是不幸，田村在家。

「是一位叫做麥卡利先生的人派我來的。」

朋友遞出名片。我們被帶到他的房間。這是橋本根據速寫造訪的地方，速寫的主角則悠然地現身在我們面前。

「廢話就不多說了，田村先生。老實說，這是我的職業。」

他再度遞上名片，

「希望你老老實實交待清楚。如果不照做的話，我們會舉發你冒名頂替，說不定還會告發你詐騙財物。」

田村先是臉色慘白，又露出怒色，最後好像想通了，說出以下的內容。他接近麥卡利，原本是打算撈一筆，結果麥卡利說想要珍珠塔，於是他請商會打造仿製品，打算把仿製品賣給他，卻被麥卡利識破，只好自己帶回家，這是到處籌了八萬圓才打造的作品，他早已做好連夜逃亡的心理準備，結果出現了一位不可思議的買家，救了他一命。該名買家自稱是麥卡利介紹的人，最後用七萬圓把塔賣掉了。

「對方戴著墨鏡，身材高大，有點駝背，下巴蓄著鬍子，總覺得曾經聽過他的聲音，不過之前沒見過他，雖然他有一點怪，為了顧全大局，我也只能損失一萬圓賣給他了。如果還要被你們告發，那我也無話可說。這是我該受到的天罰。」

朋友說：

「不，告發你並不是我的職責。只要你老實招供，我們就不會採取什麼激烈的手段了。」

「我敢對天發誓，我說的話都是真的。」

離開保命館，正好走到駿河台下時，那裡的大鐘敲了十點。好不容易找到的線索，現在又斷在這位詭異的新買家身上，對朋友來說，肯定是一大打擊，不過他並沒有露出沮喪的模樣。我們在此地道別。

第二天下午，我接到橋本的電話，要我回家的時候去一趟，所以我從公司直接前往他家。

「嗨，你終於來了。老實說，六點的時候，佐瀨，也就是那家商會的工匠會過來，不過我必須出門一趟，麻煩你陪他一下，最好讓他在這裡待到七點。」

我同意之後，他立刻出門了。佐瀨六點時過來了。我告訴他朋友臨時有急事出門，請他務必在此等候，他有點困擾地坐下。

「橋本先生是不是掌握到線索了呢？」

「我也不太清楚。」

我不知道能回答到什麼程度，所以說：

「大概已經掌握到部分了吧。」

他問：

「真是一起不可思議的事件呢，不知道是否跟那位外國人還有花野先生有關呢？」

「大概沒有關係吧。」

「你怎麼知道？」

他似乎有點意外，稍微拉高了聲音。

「不是啦，我想對方訂製仿製品的目的，就是為了要掉包真貨吧。」

快到七點的時候，朋友還是沒有回來。正當佐瀨打算告辭的時候，電話鈴聲響個不停。我急忙拿起話筒，是橋本的聲音，他說不好意思讓佐瀨等那麼久，本來以為對方已經離開了，所以他前往對方的家拜訪，現在已經掌握了塔的相關情報，想跟大家分享，請我們兩個人立刻過去。

佐瀨家位於築地橋附近，是河岸旁的房子，我們被帶到西式洋房中的寬敞會客室，裝飾的電燈以皎潔的光線，照亮四周奢華的生活用品。房裡還有不知何時被找來的下村商會老闆跟高田警部。

「佐瀨先生，不好意思。」

待所有人就座後，橋本開口。

「很抱歉，擅自將各位找來。老實說，我已經得知珍珠塔藏在什麼地方了。」

「在哪裡？」

商會老闆跟工匠還有我，幾乎同時大叫。

「馬上就到了。」

說著，他的手摸了牆面腰線，看啊。牆壁突然打開了，那座燦爛的珍珠塔可不是正在裡面嗎？佐瀨旋即拿起桌上的花瓶，滿眼怒意地啪地一聲朝橋本扔過去。說時遲那時快，高田警部已經抓住佐瀨的手臂，所以他沒丟準，正好扔到珍珠塔上，塔灰飛煙滅。商會老闆的臉色一下子刷白了。這時，橋本嚴肅的聲音響起。

「請別擔心。那是贗品。」

※

「這次的事件相當簡單哦。」

我回到他位於櫻木町的家，啜飲著香氣宜人的紅茶，我一如往常地讚賞他的俐落手段，他說：

「總而言之，是二減一等於一。看了現場之後，我第一個感覺是要從窗戶掉包那麼重的塔，很奇怪呢。從那麼高的窗戶把一座塔搬出來，再把一座塔搬進去，應該是不可能的任務吧。另一個可疑的是，玻璃聲響並非小偷逃走的原因，而是逃走的時候打破的。這表示他扔下仿造的塔逃跑了吧。簡直像在宣揚有人潛入之事。所以我改變立場思考。也就是說，塔是不是根本沒被掉包呢？然而，竊賊潛入以及一顆珍珠被掉包，都是事實。儘管這個想法還沒有證據，竊賊應該是為了讓人以為真品是仿製品，才會潛入，掉包一顆珍珠。這就有可能了。如此一來，幾乎只有佐瀨才辦得到嘛。他也有鑰匙。他還是發現者。於是我覺得他的嫌疑愈來愈重。後來我找出那位田村，仔細盤問，他說有一個怪人來買走了。眼鏡、下巴的鬍子還有駝背，都是基本的變裝。他還說對方的聲音很耳熟，哦哦，我想這人就是佐瀨了。畢竟沒幾個人知道塔的事嘛。我想八成是他。他肯定打從一開始就察覺田村的訂單心懷不軌。於是他跟蹤田村，看到那位美國人拒絕買單，於是把它買下來，打算找個日子跟真品掉包。再讓外國人跟騙子背黑鍋。如果他沒有共犯，塔八成藏在他家裡。我想大概藏在會客室吧。要是放在架子上或儲藏室，馬上就會被找到了。所以我讓他在這裡等，再推說我們有約，進入他家，到房裡翻找。不過我看到牆面腰線的木片拼花，有一處沾著手垢。我立刻想到箱根的精巧秘密箱。於是我多方嘗試，發現有一個小木片可以移動，旁邊的小木片也可以移動，最後開了一個小洞，裡面有一個按鈕。我輕輕一壓，牆壁就打開了，接下來的事，你都已經知道了。」

特快車十三小時

事到如今，我已經不可能再去報警了。要是做了這種事，我們的詭計就會曝光。話說回來，我也不想厚著臉皮把錢交出去。

來到箱根山後，車廂裡也差不多安靜下來了。現在時間是晚上十點半。只不過坐在我面前的是兩個怪人，一個五十歲左右，膚色黝黑，顴骨高聳，眼神銳利，看起來不好惹的男子，另一個是年近七十的白髮老翁，那兩個人打從出發的時候就小聲聊天，講得全都是讓人聽了不太舒服的犯罪話題，現在還沒打算結束。火車從晚間八點駛離東京車站後，車廂裡吵鬧了一段時間，鬧哄哄的聊天、有人站在座位上，整理人們胡亂扔到金屬行李架上的行李，每停靠一個車站，都有人忙著叫賣便當跟茶水，還有充斥在車廂裡，不曾散去的香菸煙霧，在這些雜音裡，我只能斷斷續續地聽到他們的交談內容，等到禮貌欠佳的乘客們盡情吃喝、製造髒亂，好不容易開始打瞌睡的時候，他們的一言一語都清楚地傳進我的耳裡，讓我感到更為焦慮。

「那就是困難的地方了。」

高顴骨的男人說：

「恐嚇這件事呢，表示被恐嚇的人有把柄，所以不敢張揚。這應該是防範犯罪最困難的部分吧。」

「你說得對。」

老翁晃動白鬍子回答：

「今後，有點小聰明的傢伙會愈來愈多，恐嚇也是只增無減。」

我偷偷看了坐在我右手邊保護我的私家偵探。他把整個身子躺在座位上，腿往前伸，閉上了眼睛。我仔細按著內側口袋。

這兩個人是何方神聖呢？

我一開始就看準了窗邊的座位，迅速衝上車，不過高顴骨的男子已經在我面前坐定位了。接著私家偵探坐在我的隔壁，白髮老翁也以不似老人的敏捷速度，坐在他面前的空位。這下子我們四個人就面對面坐著了，我面前的兩人很快就開始交談。不過他們看起來也不像認識的人。而且兩個人都要去遠方，卻沒帶著像是行李的東西。不知道是不是我的錯覺，我覺得老翁的白髮跟白鬍子好像都是貼的。我覺得很緊張。

老實說，我的內側口袋放著百圓鈔票，總金額一萬圓的鉅款。為什麼一介學生的我會身懷鉅款呢？這是有原因的。

這是我要帶給人在大阪的朋友A某某的錢。說到朋友A某某大家可能沒有概念，如果說起高利貸A某某，我想應該無人不知，無人不曉吧。朋友就是他的獨生子。高利貸A某某則是人盡皆知的守財奴。貪心、冷酷又狡猾，為了錢財，都能把人情當成繩子斷掉的草鞋，隨手就能拋棄。相反地，他的兒子則是一個情感豐富又重感情的人。兩人的個性當然合不來，朋友老是在批評他的父親。

他跟我見面的時候，都在研究如何從他父親那邊把錢拿出來。我們討論過後，認為應該從他父親身上多少拿出一點閒錢，用來做對社會有益的事，這件事非常重要，可以幫他消一點業障，也算是一種社會貢獻。朋友和我兩人絞盡腦汁，不過我們這兩個小毛頭的紙上談兵當然不可能會成功。而且每次都失敗。

暑假開始之後，我們還是沒學到教訓，又開始討論怎麼從他那裡拿到錢。這時朋友到大阪旅行，他靈機一動，想出了一個計謀，於是我們兩人東西呼應，開始鬧事了。

朋友剛抵達大阪不久，就發生兩起重大恐嚇事件，成了我們的詭計來源。我想應該有人聽過這件事，報紙也曾經大肆報導過，甚至還有人怪罪警方辦事不利的那個窮兇惡極的集團（事實上我們並不清楚對方的人數），他們寄出恐嚇信，從兩名富人身上奪得一筆鉅款。朋友從這件事獲得靈感，擅自借用恐嚇集團的名號，打算恐嚇他的父親。總覺得我曾經在某本推理小說看過類似的情節。說不定這也是朋友的構想來源。

於是朋友自稱恐嚇集團，想法子隱匿自己的字跡，向他的父親要求贖金，自己則是躲了起來。然後，我收到的信件則是他以顫抖的筆跡寫的，提到他有生命危險，請求協助。

我的工作就是帶著他的來信，以驚濤駭浪的表情衝到他父親身旁，說服他的父親。這可是十分重要的職責。

就連他的父親都難掩狼狽的神色。他主張應該報警。要是他報警，一切都白費了。我拚命告訴他恐嚇集團多麼兇狠，獨生子的性命無可取代，一直說服他聽從恐嚇集團的命令，他最後終於心不甘情不願地同意了。接下來，為了按照恐嚇信的指示，將現金帶到大阪的某處交付，他拜託我帶著錢去大阪。我爽快地接下任務。

當我收到整綑都是百元鈔票的一萬圓時，不禁渾身發抖。他認為最好包成不像錢的樣子，幫我用報紙隨便包起來，我把它放在我外套內側的口袋裡。

我打算儘快啟程，讓朋友高興，同時也能卸下自己的重責大任，回到宿舍之後，我立刻著手準備。

這時，我突然發現桌上有一封信。上面只寫著我的名字，很顯然並不是郵差送來的。背面什麼也沒寫。我問了家裡的女傭，她說是剛才車伕送來的。我覺得很可疑，拆封一看，讀著讀著差點叫出聲來。

擅自借用我們為正義懲罰富人的集體名號，招搖撞騙，為了私利私欲，欺騙親人，其罪重大。儘速交出你拿到的錢，否則我等將暴力以對。

XX團

啊啊，這是XX團的恐嚇信。

他們是怎麼發現我們的計謀的？又是怎麼得知我的計劃成功呢？最後，我到底該怎麼辦呢？

事到如今，我已經不可能再去報警了。要是做了這種事，我們的詭計就會曝光。話說回來，我也不想厚著臉皮把錢交出去。再說恐嚇信上也沒寫要把錢送到哪裡，怎麼交錢。雖然我大膽地不想管它，不過我一個人太危險了。我決定委託私家偵探。

我久聞私家偵探木村清的名號，所以我去找他。不巧他正好不在家。我失望地走出來，幸運地正好碰上他回來。我並不知道他的長相，畢竟他是一名偵探，見到我之後，他那男子氣概的伶俐臉孔便露出微笑，問道：

「我是木村，您剛才是不是從我家出來呢？」

聽了我的委託，木村爽快地接下任務，表示他會請下屬跟我同行。現在，在我隔壁睡覺的正是他的下屬。（我想他應該是裝睡吧。）

如此這般，我的口袋裡藏著一萬圓現金。我必須隨時注意四面八方。

不知道什麼時候，奇怪的男子雙人組開始聊起偽裝的話題。

「看西方推理小說的時候啊，」

看起來不好惹的高顴骨男子說著，同時嘴裡不知道在嚼著什麼脆脆的東西。

「很流行偽裝，不過日本人卻不太容易辦到。」

「沒錯，沒錯。」

老人也活力十足地回答。

「以前都要綁髮髻嘛，可以扮成武士還是平民，稍微改變一下外貌。我在上野戰爭逃難的時候，化身成千住的鎮民，差點陷入困境了。」

「哦哦，上野的戰爭很久了呢。」

高顴骨的男子十分驚嚇。接著把手伸進放在膝上的小罐子裡，嚼個不停。仔細一瞧，才知道他吃的是花生。他的腳邊就別說了，花生皮甚至還飄到我的膝蓋上。

「要不要來一點？」

他突如其來地把罐子推到老翁面前。

「不了，不成，不成，老人家咬不動了。」

老人揮揮手。

「這樣啊，我最喜歡這個了，還有豐富的維生素呢。」

他又抓了一把放進嘴裡。

我不經意地望向老翁的側臉，心裡「啊」地叫了一聲。我在某本推理小說之中看過，有時候，父子、兄弟從正面看起來不像，側臉還是能看到共通的元素，後來，我搭電車的時候都會觀察看似母女的雙人組，或是看似兄妹的雙人組，比較他們的側臉，同時在心裡感嘆一番，現在，我找到重大的發現。那就是側臉比較容易看出偽裝。

我面前的白髮老人的側臉，輪廓非常年輕。他確實不是老人，而是偽裝。仔細一瞧，儘管他的頭髮看起來很真實，不過似乎還是假髮。我想提醒偵探，悄悄瞄了他一眼，他還是維持原來的姿勢，頭仰躺在椅背上，不過微睜著眼，望著老人的方向。他也發現了！

火車沿著駿河灣行駛。窗外一片漆黑，不過可以看出大海的輪廓。清涼的風輕撫著流汗濕黏的肌膚，十分舒適。

現在是午夜十二點。

不久，火車開始緩緩減速。咖啦咖啦地左右搖晃後，駛進光線昏暗的月台。靜岡到了。

乘客再度熱鬧了起來。小販在月台吵鬧地大吼，忙碌地到處奔跑。我面前的兩人中止對話。高顴骨的男子一手抓著花生罐，放在腰際，把半個身子伸到窗外。白髮老人則閉著眼睛打盹。

偵探（假裝）終於醒來的樣子，他點燃敷島[1]問著。

「靜岡到了嗎？」

我用左手手肘緊按住上衣的口袋回答。

「對。」

「好悶哦。」

「是啊。」

他露出另有所指的微笑說：

「要不要把外套脫掉？不要緊的。」

我微笑回答：

「好。」

譯註1　一種香菸的品牌。

原本打著盹的老人稍微睜開眼睛，又立刻疲倦地閉上。
火車安靜地前進。
高顴骨的男子把身體縮回來，一屁股坐下，自言自語地說：
「切，沒買到鯛魚飯。」
說著，他看了隔壁的老人一眼，看到對方在打瞌睡，又粗魯地把手伸進花生罐裡，大嚼特嚼。這時，他突然把罐子推到我面前。
「要不要來一點？」
我嚇傻了。露出微笑說：
「不了，謝謝。」
以不得要領的回應結束這個話題。
「你要上哪去呢？」
他立刻將花生罐收走，放在膝上，與我交談。看來他很喜歡說話。
「我要去大阪。」

「你看起來年紀輕輕，卻很有禮貌耶。」

他的話題完全沒有關聯。

「你怎麼穿得住外套啊？」

我心頭一驚。他怎麼會問這種問題呢？

「對啊。」

我曖昧地回答。

「你是理組的吧？」

他的問題一樣無法預期。

「對，沒錯。」

「什麼系？」

「機械系。」

「機械系？富山還好嗎？」

富山是機械系的副教授，也是世界知名的學者。

「還是一樣熱心研究。您認識他嗎？」

「不是啦，也不算認識啦。」

說著，他把手伸進膝上的花生罐裡，

「你討厭花生嗎？」

「不會，我不討厭啊。」

「便宜又好吃耶，而且據說它含有維生素。」

「對胃不好哦。」

剛醒過來的老翁笑瞇瞇地插嘴。

「才沒那回事。」

說著，他把頭轉向老翁。他與我的話題從花生開始，以花生結束。

火車在黑暗中勇往直前。

環顧車廂，大多數的人以各種不同的姿勢睡著。角落偶爾會傳來大聲搧扇子的聲音。負責送報紙、整理行李的列車服務人員步履踉蹌地走在擺著行李的狹小走道上，從我們身邊經過。

半夜兩點了。

我愈來愈清醒了。

老翁說：

「最近，日本的特殊犯罪也增加了。」

怎麼又聊起犯罪啦！

「沒錯，跟西方不相上下呢。」

「這種事輸給西方也無所謂嘛。」

「交通發達了嘛，總不可能只有日本落後啊。再說日本的人太多了。這就是犯罪的源頭。」

「你鼓勵殺人嗎？」

「怎麼可能。」

「可是這樣一來可以減少人口，也是一舉兩得嘛。」

明明是個老人，竟然說出這種話，把我嚇了一跳。我隔壁的私家偵探也睜大了眼睛盯著老人。

「這種做法太野蠻啦。」

高顴骨的男人說：

「乾脆別出生還比較好。」

「我反對。這樣會導致國力衰退。」

「就算國家強盛，要是吃不飽可是很麻煩呢。」

說到這裡，高顴骨的男人像是突然想起來似地，又開始吃起花生。

火車轟隆隆地經過天龍川的鐵橋。不久又放慢了速度，駛入濱松車站。

一些乘客睡眼惺忪地睜開眼睛。還有人從車窗探出頭，想要看清楚車站的名稱。

偵探不知道是想到什麼，猛然起身，走向出口的方向。他走到出口的時候，老翁也站起來，彎著腰往出口走去。

兩個人一直沒回來。即使發車的鈴聲響起，依然不見身影。不久，火車緩緩前進。我感到非常不安。

獨自留下的高顴骨男把頭靠在車窗上，呼呼大睡。我已經六神無主。為了掩飾不安，我緊緊揪住外套。

隨著火車的韻律晃動，面前的男子醒來，四處張望。

「怎麼還沒回來？」

他像在自言自語。我則迅速把握機會。

「請問那位老人家是你的朋友嗎？」

「算是朋友，也不是朋友吧。」

真是個把人當傻瓜的大叔。

「硬要說的話算朋友吧。從昨夜到現在，我們已經是朋友了。」

「你們之前不認識嗎？」

「不認識。」

「他真的是老人家嗎？」
「應該是吧。」
我下定決心開口。
「總覺得他怪怪的。」
「怪怪的？」
「對，怪怪的。」
「哦，你蠻厲害的嘛。」
他一直盯著我瞧。
「坐在你隔壁的又是什麼人呢？」
「我的同伴。」
「他也很怪吧。」
「蛤！」
「他有偽裝哦。」

「才、才沒那種事呢。」

我連忙否認，不過仔細想想，他是昨夜才拿著木村偵探介紹信來到東京車站的下屬，負責保護我，跟我是第一次見面，也許他有什麼必須偽裝的原因吧。

「他是偽裝的。只是你看不出來。」

「……」

我不知道該說什麼才好。

「他不是你的舊識吧。」

我小聲地回答：

「對。」

我的話結束在他如炬的眼光裡。

「哼，是心理作用吧。你說我隔壁的男人不是老人。表示你懷疑他。可是你無法看穿你隔壁的男人的偽裝。代表你相信他。相信與懷疑，會對結果造成不小的影響。這就是犯罪能否成功的癥結點。只要取信於對方，就能輕易成功，要是遭到對方懷疑，肯定會失敗。」

說著，他的手指忙著在之前的罐子裡翻找，不巧的是花生只剩下一點點，一直拿不出來。最後，他斜拿著罐子，窺探內部。接著又盯著不發一語的我，說：

「你是不是帶著什麼重要的東西？」

我嚇得差點跳起來。忍不住按著口袋上方。

「哦哦，真的有耶。在你的左邊口袋裡，是錢吧？」

我臉色蒼白。唉，這個皮膚黝黑，顴骨凸出，目光銳利的男人到底是何方神聖。偵探為什麼還不回來？

火車終於駛離濱名湖了。現在是半夜三點。

「哼，要是你帶著錢的話，可就危險啦。你的對手可不是簡單的人物哦。雖然你一直拚命按著外套，說不定早就被掉包了。」

來歷不明的男子一本正經地說著。我像是中了催眠師的暗示似的，從口袋上方輕撫著報紙包裹。也許是我的錯覺吧，總覺得手感不太一樣。我好不安。我側著臉，偷偷抽出來看了一眼，包裹並沒有什麼變化，我鬆了一口氣，收進口袋裡。

「還在吧？不過只看外表可不能放心哦。他們掉包的技術可高明了。」

我又開始不安了。我實在是好想確認內容物。都已經把手伸進口袋裡了，才發現不對勁，可惡！他在等我在他的面前打開包裹。他的朋友把我的偵探引到別的地方，再讓我感到不安，讓我確認裝了錢的包裹。接著再趁機奪走吧。我才不會中計呢！汗水從我的額頭流淌而下，我把右手伸進外套的內袋裡，緊緊握住紙包裹。不過有一股難以言喻的不安襲捲而來。說不定被掉包了，不可能！那個怪老人怎麼了？偵探呢？

就算在這裡確認現金，就算乘客都在睡覺，這可是載滿乘客的特快車。可不像是輕易從街頭孩童手上奪走那麼容易。檢查一下吧。這樣才能放心。

我側著臉迅速從口袋裡抽出紙袋，拆開封口。快速打開一看，裡面是一疊紙鈔。最上面的是我印象深刻的嶄新百圓紙鈔，充滿代表性的紙鈔出現了。我放心地撫胸，同時覺得自己很傻。不安感又出現了。總覺得紙鈔跟之前不太一樣。我翻開那疊鈔票。啊！我上當了，除了最上面跟最下面的紙鈔，那疊鈔票都是進口洋紙偽裝的假鈔。

我狼狽不堪。我下意識地用手翻動那疊假鈔。啊，中計了。到底是在哪裡被掉包的呢？

我無力地低喃：

「中計了。」

雙頰削瘦，給我可恨暗示的男子差點站起來，低聲大喊：

「什麼？你中計了？」

這時，他膝上的花生罐「鏘！」一聲滾到地上。兩、三名乘客吃驚地望向我們。

火車即將再次停靠。現在是半夜三點半。

在豐橋車站停車，直到火車行駛之前，我都不知道該怎麼辦。要不要告訴站員呢？這麼做於事無補。要不要跟面前的男子討論呢？不成，不成，不能做這種傻事。我的眼淚就要奪眶而出。我的眼前浮現在大阪車站等待著我的朋友，他臉上掛著面帶斥責又遺憾的表情。

面前的男子閉著眼睛，好像在專心沉思。唉，我的偵探到底怎麼了呢？我既生氣又懊悔，好想把可悲的自己痛揍一頓。然而，老人竟然意外地回來了。老人還沒坐下，偵探也出現了。我覺得自己好像得救了。

待偵探接近後，我立刻起身，低聲告訴他一切的經過。只見他的臉色愈來愈蒼白，眼睛則綻放銳利的光采。他一直站著，瞪著面前的老翁。我終於覺得偵探很可靠了。

偵探無言地拍拍老翁的肩膀。接著快步走向門口。老翁也不發一語地緩緩起身，緊追在後。

面前的男人似乎完全沒察覺發生了什麼事，仰躺著呼呼大睡。他的腳可能踢到花生罐了吧，罐子滾到我的腳邊。我呆呆望著他旁邊與我旁邊兩個孤伶伶的空位。

我們的巧妙計劃明明應該成功才對，卻因為我的一個不小心，全都泡湯了！可是我到底是什麼時候被掉包的呢？我把錢放在口袋裡，回到宿舍，接著造訪偵探事務所，然後來到車站，是一段不算短的時間，不過我可是小心謹慎地從外套上面按住。到底是在哪裡被掉包了呢？我怎麼也想不通。

我該怎麼跟朋友道歉呢？朋友又會有多麼沮喪呢？也許偵探可以幫我找回來。我想應該很難吧。

漫無目的的思考佔去了我的全副心神。不知不覺中，夜色逐漸亮起，清晨涼爽的空氣從被霧靄包圍的窗外飄進來。乘客開始吵鬧了起來。

凌晨五點，火車停靠在名古屋車站後，乘客爭先恐後地衝下車，有人衝去廁所，有人包圍賣便當的小販。我死氣沉沉地，什麼都不想做，在座位角落縮成一團，盯著高顴骨的男子慢慢起身，把頭伸出窗外，跟經過的站務人員說話。

火車橫越濃尾平原，繞過伊吹山腳，進入近江平原後，還是沒看到偵探與老翁的身影。面前的男子若無其事地呼呼大睡。我則是抱著隱隱作痛的頭，打起盹來。我從極度緊張轉為驚駭，由驚駭到失望，從失望到放鬆，我做著可怕的夢，又不切實際地做著找回那筆錢的美夢，在半夢半醒之間，在琵琶湖畔不停奔馳。

我隱約還記得過了大津、京都。

過了京都後，我稍微打起精神。望著美麗青田的山城原野，以及綿延的攝津平原，遠方清晰可見的播但山脈，這時灑落在原野的人家愈來愈多了。越過新淀川上的漫長鐵橋後，我們進入沾滿煤煙與油污的忙碌都會後巷。

上午八點半，火車無聲地滑進大大阪[2]車站。

偵探及老翁都不曾現身。

待火車來到月台的角落，我面前的凸顴骨男把頭探出窗外，驚人的是，有四、五名打扮成紳士模樣的人，與十幾個穿白衣的巡警一看到他就立刻衝到車窗

譯註2 一九二〇—一九三〇年代，由於當時的大阪非常發達，故有大大阪的稱號。

下。他說了幾句話，巡警們便迅速分成兩隊，往左右兩邊跑去。仔細一看，剪票口那邊還站著兩、三名白衣巡警。

我有如丈二金鋼，摸不著頭腦，還是無精打采地走下車。走了兩、三步，有人拍了我的肩膀。回頭一看，朋友A笑瞇瞇地站在那裡。

「早安，辛苦了。」

「……」

我不發一語地望著朋友。眼淚已經在眼眶裡打轉。

朋友嚇著問我：

「你怎麼了？」

「對不起，錢被偷走了……」

我話才說到一半，那位雙頰削瘦的男子在兩、三人的簇擁之下，往這邊走過來，對我說：

「喂、喂，你別那麼悲觀嘛。我已經知道犯人是誰了，你看，那邊有兩個人走過來了吧，你覺得誰是犯人？」

我望向他手指的方向，探偵和老翁在大批巡警的守護之下，被帶到這邊來。

我實在是搞不清楚發生什麼事。朋友就更別說了。他一臉驚訝地呆立原地。

一行人立刻來到我們身邊。

偵探大叫：

「別讓他逃走了。」

白髮老人說：

「我才不會逃跑呢。你是不是以為我把錢拿走了，還一直說要跟我平分，不是嗎？」

「老師，怎麼回事？」

領頭的人似乎是警官，他客氣地行禮致意，詢問顴骨先生。

「這邊的警察想請我協助恐嚇事件，所以叫我過來，幸好在我過來的火車上，找到犯人……也有可能是犯人的同伙，所以我在名古屋發了電報。犯人就在這兩個人之中……」

眾人一起望向兩人。

「我推測是這位。」

他指著私家偵探。偵探掙扎著想要逃跑，立刻被眾多巡警制伏。

「接下來，這位是……」

待偵探被收拾後，顴骨先生對著老翁開口，老翁立刻打斷他。

「我是私家偵探木村清。」

他隨即摘掉假髮跟鬍子。我吃驚地看著他，不過他跟我見過的木村清長得完全不一樣。儘管他長得聰明伶俐，似乎十分精幹。

「嗯，我猜也是。」

顴骨先生心滿意足地點頭。

「我想您應該是大名鼎鼎的犯罪學家——坂田博士。」

坂田博士說：

「你說得沒錯。不過，我想要聽聽你的解釋。」

「了解。坦白說，我接到這次的被害人A某某的委託，他在大阪旅行的公子收到恐嚇信。我建議A某某，讓公子的朋友帶著對方要求的金額，送到大阪。我會尾隨在後。為了避免讓人起疑，我故意偽裝成白髮老人的模樣，偶然坐在坂田博士隔壁，我們聊了各種話題，對於博士的試探，我避而不談。別說話就不會出錯了，唉，要是說話了，再怎麼高明的易容都會露出馬腳。

這是題外話，沒想到我在火車上，發現這位先生竟然有個奇妙的同伴。我密切監視著他的行動。半路上，他曾經離開座位，好像想跟同伴通風報信，因為我的緊迫盯人，所以他沒有成功。

我們兩個回到座位後，現金已經被掉包了。對方認為是我做的。他不知道我是偵探，以為我跟他一樣，都在打那包錢的主意。那時他把我叫到車外，跟我討論要平分那筆錢。據他的說法，大阪的恐嚇案件成功後，下一個目標就是東京的A某某，碰巧得知A某某委託我的事。他明知道自己沒寄過那封恐嚇信，也知道那是假的，於是又寄了一封恐嚇信給送錢的使者，也就是這位先生。接著，他跟蹤來我的事務所找我的這位先生，由於我外出不在，這位先生失望地離開，趁機冒名頂替我，騙這位先生會找下屬護衛，然後高明地變裝，自稱是木村的下屬，與這位先生同車。他深信錢是我偷走的，把來龍去脈全都告訴我，逼我跟他平分那筆錢。」

「原來如此。」

坂田博士十分佩服。

木村問：

「請問老師什麼時候認定他是犯人呢？」

「從一些芝麻小事。我跟你聊了各種話題，推測你是善良的老百姓，也覺得你大概是偵探吧。雖然只有一次，這個人可是建議這位先生脫掉外套呢。我看到這位學生居然被兩個變裝男子跟著，心想他們一定有什麼企圖，假裝不小心點破上衣放著錢這件事，當時便想，這男人的目標果然是學生外套裡的錢吧。」

坂田博士說著，完全沒流露出一絲自豪的氣息，他停頓了一下，繼續問：

「我還有一點想不通，我本來是打算研究心理反應，所以暗示錢被掉包了，沒想到竟然猜中了，我也嚇了一跳。錢是誰偷走的呢？」

「我也不太清楚。」

木村安靜地回答。

「這只不過是我的推測，我認為這位先生拿到的時候，錢應該就是假的了。」

「咦？咦？」

我跳了起來。

十三小時的特快車事件就這樣畫下句點。以下的部分，也許有人會認為畫蛇添足，不過我還是要補充後續，那筆錢正如木村偵探的推測，我收到的時候就是假鈔了。老奸巨猾的A某某雖然被我們的計劃騙過，不過他還是有幾分懷疑，另外找木村偵探商量，同時給我只有上下是百圓真鈔的整綑紙鈔。我怎麼可能會懷疑呢？這可是我這輩子第一次拿到這麼多錢，收下的時候還一直發抖。

事件結束之後，我、A某某的公子與木村偵探三人，一起在A某某的會客室面談，當時可有趣了。

木村猛烈批評A某某的假鈔策略。

「您怎麼可以那麼做。一不小心就會犯罪哦。」

「不會啦。」

A某某拍著他油光滿面的額頭回答：

「不是都收到恐嚇信了嗎？用假鈔也沒關係啦。」

「不過呢，」

木村再次強調。

「這次我們正好抓到恐嚇的人，才能平安無事，要是事情沒那麼順利，令公子可是被軟禁了哦，（他說謊的技術真好！木村沒有把真相告訴A某某。）要是你帶假鈔過去，最後會怎麼樣呢？令公子跟送錢的使者都有性命危險哦。」

「不用說得這麼嚴重吧。對方也會驚慌失措，把假鈔當成真錢，過來拿吧。」

「要是事情不順利，該怎麼辦呢？」

「什麼怎麼辦，事情不是全都結束了嘛。」

「那可不成，這是人道問題哦。你可是讓一個毫不知情的人帶著假鈔，衝進相當於虎穴的地方。」

「我道歉嘛。」

「道歉沒有用，請表現你的誠意吧。」

「要怎麼做你才會滿意呢？」

「給我五千圓謝禮，給這位五千圓，加起來一萬圓。」

「咦？咦？這個要求太不合理了吧。」

事到如今，我依然忘不了當時A某某驚訝的表情。就像猴子把手伸進火裡翻找栗子，燙到的表情。

「你不肯付的話，我不知道你會怎麼樣哦。」

木村不肯退讓。

最後，A某某差點哭出來，開出一萬圓的支票。

驚人的是，木村立刻把那張支票遞給A某某的公子，笑嘻嘻地說：

「下次要叫爸爸出錢的時候，要學聰明一點哦。」

鎳製紙鎮

我心頭一驚，急忙前往書房，敲了敲門卻沒有回應。我的心頭狂跳，提心吊膽地開門。我發現醫生背對著我坐在椅子上，上半身趴倒在正面的大書桌上，看起來像是累得睡著了。

好啦，我會告訴你，我全都會說啦。不過，你可別告訴其他人哦。因為我會對不起那個人嘛。

已經一年了呢。去年的這個時候，這邊的天氣變涼了，霍亂的流行也逐漸衰退。說到去年啊，實在是很討厭的一年耶，報紙幾乎每一天都報導什麼自殺啦、殺人啦、有人發瘋啦，都是一些看了不舒服的事，你也知道吧？就是那個奇妙的小偷啊，他總是看準罕見的大房子，根本不知道他從哪裡闖進，又從哪裡離開，不知不覺中，值錢的東西已經不見了，愈小心防範他就覺得愈有趣，會用一些根本想像不到的方法潛進去，無孔不入，簡直就像收音機的電波似的，所以報紙稱他為收音機小子，引起熱烈討論吧。後來，我們的老闆，也就是醫生竟是那樣的死法。我當時真的好難過。

說起收音機小子，你聽過那件事嗎？大概是去年的春天吧，牛込的大戶人家的信箱裡，放了銀行的存摺跟印鑑，還附了一封客氣的信，說是要報答過去借錢的恩情。這件事也有上報呢。那戶人家的主人是姓清水的老爺爺，好像是什麼議員，表面上是個了不起的紳士，其實是從低賤身分翻身而成的暴發戶，冷血又不近人情的高利貸哦。他現在已經被警察查獲，而且已經癡呆了，沒有人把他看在眼裡了，不過他真的是一個很過分的人，醫生之所以會過世，也是被那個貪心鬼害的哦。他就是這麼貪心的老頭，正常人在信箱找到不認識的人的存摺跟印章，都會覺得奇怪吧，他竟然覺得是以前倒債的人來還錢，悠悠哉哉地去銀行呢。因為有人向銀行掛失，所以立刻就把老爺爺交給警察了。再強調一次，老爺爺很貪心，而且很節儉，明明就是大富翁，卻老是穿著一身破破舊舊的衣服，警察根本不相信他是什麼議員。最後被拘留一個晚上哦。好爽哦，不過呢，雪上加霜的是，老爺爺被拘留的那天晚上，收音機小子上門了哦。這件事沒有上報，不過我剛好聽說了。在信箱放入銀行存摺，也是收音機小子的策略哦。真是活該。

雖然我真的很討厭那個老爺爺，不過他每個月都會固定來我們家一、兩次。過來查閱診所的帳冊，使喚書生跟我，而且態度很高傲。醫生是個很溫柔的人，對吧？他總能沉默、不發一語地看著。我則是快要看不下去了。我很傻耶。來這邊幫傭一年，實在搞不懂清水那個貪心鬼為什麼要做這種事情。男人還是比較聰明啦。我根本看不懂和服的圖案代表什麼。下村先生跟內野先生，這是書生的名字哦，他們兩個都比我晚進來，可是他們好像都懂，還教我怎麼看耶。聽說是醫生研究的時候缺錢，跟清水借了錢，不過他的利息好像很高，怎麼也還不完，利滾利，最後滾成一筆鉅款。所以房子跟診所全都抵押給他了，每個月的收入大部分都被清水拿走了，醫生只能拿到一點點錢。會計全都被清水一手掌握，換句話說，醫生每天努力工作，只是為了壯大清水的荷包。醫生寫了很多本書，而且是世界聞名的人物，來看病的也都是一些有名的人，為了顧及顏面，才會默許清水這些過分的行為。再加上夫人長期臥病在床。這陣子，我只要想到醫生的心情，眼淚就會自然而然地掉下來哦。

正常的人只要想到再怎麼努力賺錢，都會滋養別人的荷包，工作起來通常都會敷衍了事，不過醫生對病患還是非常親切，前面也提到，來看病的都是一些有頭有臉的人物，所以診所很熱門。可是啊，在醫生過世前不久，他又更熱心於研究，病患自然不像之前那麼多。因此，員工的人數也比我剛來的時候少。診所只有兩個人上班，一個藥劑師跟會計的老爺爺，除此之外就是剛才提到的兩名書生，下村先生跟內野先生。還有兩名護士，都已經換過好幾批了，這些護士醒著的時候把病人當成豬一樣看待，睡著的時候則像肥豬似的，鼾聲雷動，而且就算踹也踹不醒，後來就沒人管她們了。

夫人身邊有一名廚師、貼身侍女，我則負責處理醫生的事。是的，我不稱呼他老爺，而是稱他醫生。廚師是一個很隨便的老婆婆，平常只會待在廚房裡，夫人的侍女叫做阿米，曾經有過一段婚姻，年紀差不多比我大十歲吧。她是一個溫順乖巧的人，總是隨侍在臥病在床的夫人身邊。沒時間仔細聊了。對，他們沒有孩子。所以能跟診所的人聊天的，大概只有我吧。可能是我比較活潑吧，而且是醫生的侍女，無論如何都會跟診所有比較多交流嘛。對啦，交流是中國傳來的漢語。

話說回來，書生下村先生跟內野先生很棒哦。他們都是好男人呢。呀，要聊這個話題可就講不完了。

兩個人都是二十四、五歲哦。內野先生差不多是三月還四月來的，隔了一個月左右，下村先生也來了。兩個人是東京人呢。他們之前當然不認識。碰巧一起來了。他們的身材都很好哦。那就是所謂的肉體美吧，一點也不胖，修長有型，不過肌肉可結實了呢。下村先生比較白，總是笑瞇瞇的，很有親和力，不過眼角有點嚴肅，比較像是深思熟慮的長相。內野先生的皮膚比較黑一點，如果要用西方的話來說，算是開朗的長相，所以呢，我在下村先生面前可以開誠佈公地聊天，不過心裡總有點保留，在內野先生面前，我就能毫無保留了，兩個人的差別在這裡。是的，硬要選的話，我喜歡內野先生，可是我也喜歡下村先生啊，選擇困難啦。而且不只我會選擇困難。我想任何人都是一樣吧。我不懂什麼學問，可是兩個人都很博學呢，腦袋都很好。他們兩個經常討論從前的往事。白天就算了，深夜也會在書生房裡討論。害我睡不著，好惱人哦。我也不是很懂，我想兩個人應該有聊到一些那個，就是社會主義之類的話題。

事後回想起來，那陣子醫生就有點奇怪了。像是不久於人世的樣子，珍惜著每一分每一秒，只要有時間就會窩在書房裡，只顧著寫東西，而且他的情緒有點沮喪，沒什麼精神，我有預感，最近應該會出什麼事吧。

那天晚上吧。傍晚的時候，內野先生跟下村先生兩個人熱烈討論著。醫生跟平常一樣在書房看書。我坐在隔壁的房間裡，聽到兩個人在書生房裡大聲爭論。我擔心他們兩個人吵起來，正想去阻止他們，結果醫生叫了我。我應了一聲「來了」，走進房間，醫生說：「把下村跟內野叫來。」我心想，他們一定要挨罵了，直冒冷汗。兩個人進來之後，我在隔壁豎起耳朵，不過他們像在聊什麼沉重的話題，我完全聽不見。不久，醫生拍拍手，叫我端紅茶過去。我看了情況，不像是在罵人的樣子，所以我放心了。

送了紅茶之後，差不多是十一點吧。兩人回書生房睡覺去了。醫生好像還在研究，不過他說我可以先睡了，所以我回房間睡了哦。我睡得迷迷糊糊時，突然醒過來，聽到書房傳來奇怪的聲響。我心想，醫生可能還沒睡吧，我翻了個身正想繼續睡覺，這才瞧見走廊一片漆黑。要是書房的燈還亮著，光線應該會透出來，把紙拉門照亮才對。我心頭一驚，完全清醒了。為了確認情況，我在黑暗中摸索著，拉開拉門一看，外面一片漆黑。這時，我確實覺得有人從書房裡走出來。我一直發抖。我鑽進地板上的被窩裡。過了一會兒，周遭一片安靜，已經聽不見任何聲音了。我心裡七上八下地爬起來，開燈查看。後來我又摒息觀察一會兒，似乎沒有什麼怪事了，我的精神好多了，沿著走廊來到書生房，從門外呼喊下村先生跟內野先生。如果是平常的話，兩個人很快就會醒了，可是這個時候卻呼呼大睡，我心想這可不行，所以回房間睡了。我實在沒有勇氣去書房查看。

我怎麼也睡不著，到了黎明時分，還是迷迷糊糊地打盹。我心想，天色總算有點亮了，所以就起來了，心裡一直掛記著，先到醫生休息的房間看看，結果發現房裡跟我前天晚上整理的一樣，地上很整齊，醫生好像沒休息過。我心頭一驚，急忙前往書房，敲了敲門卻沒有回應。我的心頭狂跳，提心吊膽地開門。我發現醫生背對著我坐在椅子上，上半身趴倒在正面的大書桌上，看起來像是累得睡著了。「醫生、醫生」我叫了幾聲，不過他都沒有回答。我不安極了，衝到書生房，把兩個人叫起來。可是內野先生跟下村先生一直叫不醒。好煩哦。兩個人好不容易才醒來，我說醫生有點奇怪，兩人就像弦上的箭似的，衝出房間。我跟在他們後頭跑過去，看到兩個人在門口討論。

「先等等，」

是下村先生的聲音。

「要不要戴手套再進去？如果有人在房間大鬧，可不能讓指紋消失了。」

內野先生似乎也沒有異議，兩人都回到書生房，戴上手套才進入書房。我心想他們真是細心。後來我也悄悄進房間，嚇了一跳呢。書箱裡的書全都被拿出來了，有的箱子開著，有的箱子關著、疊起來，每一個抽屜都被人拉開，房間裡被搜得亂七八糟。醫生還是一樣，動也不動。我直接走到醫生旁邊去了。把手搭在他的肩上，正想叫他起來，不過我發現他的脖子上沾著黑漆漆的東西。仔細一看，那是血。要是內野先生沒把我抱住，我肯定會當場昏倒吧。「是被這個打的吧。」下村先生說著，在醫生身旁蹲下來，仔細一看，沾著血的紙鎮掉在腳邊。平常醫生都會使用一種書寫紙，是一種畫著橫線的大型西式紙張，為了壓住攤開來的紙張，特地準備的紙鎮，長度應該有一尺以上吧。是鎳製的。我打掃的時候經常把它拿起來，重得很呢。曾經有一回，醫生開玩笑地跟我說：「八重，要是被這個用力打到，大概會死翹翹吧。」沒想到他真的被紙鎮打了。

下村先生跟內野先生都是奇妙的人呢。他們叫我不准碰東西，兩個人努力地戴著手套到處翻找，不過他們的動作很小心仔細。都有恢復原狀哦。他們完全沒有說話呢。他們查看窗戶、趴在地板上，敲敲牆壁，我心想。他們兩人一定是受到最近流行的推理小說影響，把自己當成名偵探，比賽誰先找出兇手吧。他們兩個人很愛比賽。什麼？你說是因為我的緣故嗎？開玩笑的吧？他們才不是那樣的人呢。因為他們兩個人找得太認真了，我本來想要捉弄他們，不過現在不是很適合呢。而且他們兩個很謹慎耶。我無事可做，而且也覺得不太舒服，想要離開房間，內野先生說：

「八重。先別讓其他人知道這件事。」

所以我也不知道該不該回自己房間，拿不定主意。

不久，下村先生好像打電話報警了。大概是八點左右吧。有許多官員搭著車子過來，吵吵鬧鬧地走進來，我們所有人依序接受調查。官員也很奇妙呢，是一個留著鬍子，穿著體面的人，對一個削瘦、打扮寒酸的老爺爺畢恭畢敬。老爺爺一定是法官還是檢察官吧。假設他是檢察官好了。我把我知道的全都說了。也被採了指紋。其他人好像也被簡單地調查過一遍，下村先生跟內野先生調查得比較久。最後兩個人一起接受調查。也就是說，他們兩個人睡得不醒人事，這件事很奇怪吧。警方推測可能是強盜還是仇家之類的，想殺死醫生的人從診所的窗戶跑進來，經過書生房的門口，進入書房，從背後用紙鎮把醫生一擊打死，再悠悠哉哉地翻找房間內部，從後門逃走，再說診所只有一扇窗戶，又從裡面反鎖，兩個人的嫌疑又更大了。你問我紙鎮本來放在哪裡？你說的話跟檢察官一樣耶。我聽到這個問題的時候，也有點困擾。真奇怪，明明每天都看見它，可是問我放在房間的哪一個位置，我又說不上來。我想大概放在醫生書桌左邊的另一張桌上吧。對，醫生的屍體已經是死後幾小時了，推測凶案發生在前天晚上兩點左右。

內野先生跟下村先生結束偵訊之後，回到書生房，兩個人交頭接耳地聊起來。我聽見他們說「紅茶」，忍不住豎起耳朵。

「你為什麼沒對檢察官說，你在醫生面前喝了紅茶的事呢？」

是內野先生的聲音。

「你才是，為什麼要隱瞞？」

是下村先生的聲音。

「我不想給醫生添麻煩，所以沒有說。」

「我的原因跟你一樣，另一個原因是我不想造成你的困擾。」

「什麼？我嗎？」

內野先生好像很驚訝。

「什麼意思？」

「你是不是真的睡到不醒人事呢？」

「很遺憾，是真的，我甚至不知道你做了什麼事。」

「你怎麼話中有話？」

沒想到下村先生很冷靜呢。

「我才是不知道你做了什麼呢。」

他們兩人好像互相懷疑對方。我知道他們都睡得很熟，要是吵起來的話，打算告訴他們實情，話題正好到此打住了。

這時，又出大事了。前面也說過，夫人等於是一個瀕死的病人吧，要是聽說醫生的事，不知道會怎麼樣呢，官員似乎也有所顧慮，可是有些話必須詢問夫人，總不可能一直不告訴她事情的狀況，所以就由阿米接下這個任務，迂迴地告訴夫人，沒想到夫人一臉坦然，真是堅強的人呢。她對阿米說：

「老爺以前就吩咐過，要是他出了什麼事，只要把書房西北方角落的腰壁板稍微推開，就能看到鑰匙孔，他的遺書就放在裡面，請大家打開來看。」

夫人說完後，便取出醫生託付的鑰匙。

官員慌了手腳。阿米不想親自拿過去，所以把鑰匙交給了我。我只好拿去書房。那裡有一個大概是檢察官的人吧，瘦瘦的，身分好像蠻高的，一臉緊繃地接過鑰匙，問我：

「西北是哪一邊？」

我們平常都說左邊右邊嘛。突然說什麼東啊西的，沒那麼容易反應過來啊，我想了一下，另一個圓臉的胖官員把指南針拿出來。不過他的指南針扣子纏在他的皮帶上，一直解不開。而且他又胖，看不清楚自己的腰部嘛。他慌慌張張的，反而更解不開了。檢察官好像有點焦急。好不容易把扣子解開了，那個金屬製的指南針不是有一個蓋子嗎？就是那個啊。蓋子一直打不開。檢察官最後終於發飆了，打算找下村先生還是內野先生過來。他猛力按壓牆上的按鈕。大概以為那是叫人的鈴吧，不過那是電燈開關哦。所以沒有人過來。他是個上了年紀的人，所以沒看過這種新型的開關吧。我正想要告訴他，結果這時指南針的蓋子終於打開了。

「呃，這邊是北邊，這邊是西邊，就是這個角落。」

他指向桌子正後方的角落。老爺爺終於把手從牆上移開，急忙走到那個角落。接下來兩個人逐一搖動腰壁板，不過腰壁板都沒有移動。他們最後終於放棄了，請我去叫書生過來。我帶著內野先生和下村先生回來後，檢察官看著剛才調查過的角落說：

「我問你，西北是這個角落吧？」

兩個人（男人真的很厲害）立刻指向書桌反方向的角落，

「不對，是這個角落。」

檢察官大罵：

「你到底都在看哪裡！」

年輕人也有點生氣地說：

「我在看指南針。」

「讓我看看。」

年長者像用搶的一般，接過指南針，看了一陣子。

「笨蛋。你在搞什麼，這邊才是北邊，你說的是東北方嘛。」

「怎麼可能。」

年輕人有點憤怒地接過指南針。然後發出慘叫。

「咦？好奇怪。這個針指的跟我剛才看的時候不一樣。」

「別說傻話了。才差個五分、十分，指南針怎麼可能會不一樣。」

「……」

大概是一時之間沒辦法理解吧。年輕人不發一語，一直盯著指南針。

爭論暫且打住，必須拿出遺書才行。西北方的角落有一口大書箱。眾人聯手把書箱搬開。檢察官進行調查。他很快就找到可以滑動的腰壁板，有一個鑰匙孔。鑰匙自然是對的，大家順利取出遺書。這封信必須由夫人開啟，於是我帶到夫人的枕邊，請她打開來看。遺書上寫了各種瑣事，還有另一張紙，寫著意料之外的重大消息。看來是他在興奮的狀態下寫的，字跡顫抖，而且字體的大小與行高都不整齊。我看著看著，臉色也跟著蒼白了。

我一定是被清水殺死的。

因為我借了一筆小錢，就受到清水的長年苛待。我有生之年只能永永遠遠當他的奴隸。我只能吞下淚水忍耐。因為我十分珍惜我的研究。一切都是為了完成我的研究。不過，清水認為只要我寶貴的研究能賺錢就行了，一直偷偷在窺探著。他一方面害怕我的報仇，另一方面又想要阻擾我，以取得我的研究。我一定會被清水殺死。如果我意外死亡，那一定是清水下的毒手……

我記得不是很清楚，不過大概是上述內容吧。我在夫人的吩咐之下，把遺書交給檢察官，就連老爺爺都嚇了一跳。後來，大約一個小時後，清水那個貪心鬼被帶進書房。他的臉色跟死人一樣沒有血色。畢竟已經在紙鎮上發現清水的指紋了。他沒辦法解釋自己前一晚為什麼深夜才回家，而且下村先生他們也說過他跟醫生的關係了，再加上醫生寫的信。他已經無路可逃，看到他一臉慘白、憔悴的模樣，我真的覺得很爽快。想到就是這傢伙殺了醫生，對他的憎恨又多了幾分。

以下是我的看法。清水那傢伙先拿紙鎮殺了醫生，對，傷口跟紙鎮完全一致。醫生是被這個打死的，這件事無庸置疑。他一定知道有一封跟自己有關的遺書，所以在房間裡到處翻找，想把遺書搶走。怎麼會有這麼不要臉的人呢？我們三個人又被叫到檢察官跟前，調查清水的事。

他問：

「你知道被害者曾經寫信給清水嗎？」

我哪知道這種事呢？下村先生他們也不知道。醫生的信通常是我去寄的，大概只有我會知道吧。

聽說清水是這樣說的。昨天白天他接到一封信，說是醫生有機密想跟他討論，要他今天深夜來一趟，他夜裡就出門了，不過他曾經受過銀行存摺的教訓，所以不是很想進來，走到家門口又回去了。你們說說，這事不是很奇怪嗎？醫生的信跟存摺又沒有關係，而且醫生還叫他把信撕碎，所以他也撕碎了，太奇怪了吧。提到研究的事，他又一臉蒼白。我想肯定是清水幹的吧？不過他為什麼不肯承認呢？

「恕我插嘴，」

下村先生突然對檢察官說：

「我認為這起案件有一、兩個矛盾之處。第一，兇器的紙鎮上有明顯的指紋，儘管我們發現兇手曾經在房間裡搜索，不過在其他地方找不到同樣的指紋，如果是犯案後才戴上手套，未免太不合理了吧。也就是說，兇手可能有兩個人，或是指紋早在案發之前就已經存在了……」

「才沒那種事呢。」

我忍不住對下村先生說：

「醫生很怕那個紙鎮生鏽，經常擦拭，而且我每天早上一定都會擦一遍。」

「我也贊成下村的說法。」

內野先生說：

「翻找這口書箱的人，顯然是一名身高比較低矮的男子。請看，他把拿出來的書疊起來，當成腳踏板使用。如果是清水的話，不需要腳踏板也能碰到底下。」

他們兩個人好像在幫清水說話，我覺得他們很討厭。他們兩人該不會是清水派來的臥底吧？清水明明是讓醫生那麼痛苦的人啊！為什麼要幫他說話呢？清水以他僵硬得跟死人一樣的臉望向兩人，以眼神向他們示意。

下村先生絲毫不介意我的想法，問：

「請問紙鎮多長呢？」

檢察官回答：

「大約一尺吧。」

「我想知道更詳細的尺寸。」

一個跟在清水身旁的人，大概是刑警吧，心不甘情不願地拿出捲尺測量。

「十一又四分之三寸[1]。」

「咦？沒錯嗎？這樣可以嗎？內野。」

他對著內野先生說，

「兩、三天前，我們不是賭過紙鎮的長度嗎？你還記得多長嗎？」

內野先生果斷回答：

「十一又八分之七寸。」

他們各自陷入沉思。過了一陣子，兩人都沒有開口。我也想了一下，不過根本想不出個所以然。下村先生依然沉默思考，內野先生則開始調查書箱一帶。

譯註1　二十九．八四五公分，約三十公分。

「請把紙鎮切開來。」

下村先生突然大喊，把我嚇了一跳。

下村先生的提議很中肯，官員也聽從建議，切開來看了，裡面是實心的鎳。

下村先生原本可能以為鍍金吧。

他沮喪地雙臂環胸。

「裡面也是鎳嗎？」

這次換內野先生怒吼了。

「是那傢伙。對，就是那傢伙。」

眾人都嚇了一跳，望向內野先生。

「你們應該知道吧。德文老師古田正五郎，就是他。是他潛進屋裡。」

我再次感到驚訝。因為提到那位古田的話，他跟收音機小子有點淵緣，不久前才上過報紙，算是一起不可思議的事件。如今，還記得這件事的人應該不多了，不過在當時可是無人不知，無人不曉。古田是某所私立學校的德文老師，還會利用空檔從事翻譯。報紙登過他的照片，長相不算清秀，長得跟日本狆沒兩樣，而且頭又特別大，身高特別矮，可能更接近妖怪吧。不過我聽說他非常聰明，很擅長翻譯。這個人有一天突然失蹤了。他太太也很擔心，我看過太太的照片，很漂亮哦。蛤？你說跟我差不多，別開玩笑啦。他太太四處尋人，都找不到，所以才會報警。後來，他離家四、五天的時候，太太收到一封信，說是他要處理重要的事，所以兩、三個星期沒辦法回家，請她不要擔心，好好過日子，信裡還放著錢，警方好像也不想管了。後來，就像信裡寫的，他在第三個星期平安回家了哦。警方問了他很多問題，不過他好像都沒講清楚。當時也覺得那就算了，過了一個月，他又離家了。留了一封信說他兩、三個星期後再回來，這次太太也不張揚了，過了兩個星期左右，這次回來的時候，臉色很蒼白。第三次就更誇張了，本來覺得他會待個兩、三天，沒想到他在清水老爺爺家，身中刀傷昏倒了。那時，老爺爺好像拜託他幫忙翻譯，當天晚上遇到強盜上門，在別人家乖乖待著就沒事了，不過他可能反抗了吧。被砍又被揍，就這樣昏過去了。雖然傷口

的太太實在管不動他，只好隨他去了，又過了兩天，她在夜裡聽見壁櫥發出呻吟聲，勇敢的太太拉開拉門一看，聽見放衣服的大箱子裡傳出呻吟聲，所以她跟幫傭一起忐忑不安地打開，發現一家之主的雙手遭人反綁，嘴巴還被堵住，真是可憐，他被塞在自己家裡的置物箱裡，整整兩天兩夜。都已經半死不活了。好可憐，聽說他被人從背後襲擊跟綑綁，根本不知道是誰幹的。這次是貨真價實的收音機小子了。應該是真的吧。因為這回收音機小子沒有投書報社。儘管如此，他竟然能做出這些事，又沒被其他家人發現，很厲害耶。

所以他是說那位古田來過吧？怪不得大家都嚇了一跳。

「你們看。」

內野先生望向驚訝的眾人，說：

「打開來的全都是大開本的德文書。不管是抽屜還是其他地方，只有大的東西被拿出來吧。以前我曾經聽醫生說過，有人想要偷走醫生的研究。所以醫生寫好之後，會把它藏在秘密的地點。看了這張桌子也能明白，醫生的研究全都寫在大型的書寫紙上。所以要藏的話，也要藏在大型的書或是大抽屜裡。古田看得懂德文。所以他肯定是其中一個想偷走醫生用德文寫的研究的人。他很矮。而且最關鍵的證據就是夾在這裡的紙條。他檢查過很多本書，為了避免混淆，他在檢查完的書裡夾著小紙條。本來想用白紙，裡面也夾雜著他翻譯原稿時寫錯的廢紙，這張廢紙還有他的字跡。我曾經跟古田學德文，所以很熟悉他的字跡。」

他的口齒清晰，以朗讀一般的清朗聲音，充滿自信地說著。我聽得好入迷。其他人也一樣。不過呢。只有下村先生呢。他從剛才就雙手盤胸，一直在思考，這時他瞄了內野先生正在說話的臉看了一眼，露出竊笑。不過他馬上就掛上原來的表情，我想一定只有我瞧見吧。

檢察官似乎也認識古田，看了內野先生交給他的紙條，立刻叫刑警去逮捕古田。清水老爺爺一樣表情扭曲，像化石一般站在原地。

過了一會兒，內野先生對下村先生說：

「我們必須找出另一座紙鎮。」

下村先生則像在自言自語地說：

「嗯，的確有兩座。雖然差異不太，不過尺寸確實不一樣。而且另一座是鐵製鍍金的，怎麼有辦法掉包呢？如果掉在地上的是鐵製品，那就不太合理了。」

內野先生大聲說：

「這樣啊！」

害我跳起來。

「你的想法很棒。喂，鎳製的才好。真是可怕的計劃。來看看天花板內部吧。」

說到這裡，內野先生立刻爬到窗子上，攀到遮陽棚，爬到洋房的屋頂上，拆下那片跟火車窗戶一樣裝著遮陽簾的小窗子，爬出去了。下村先生也緊接著爬上去。不久，內野先生鑽進天花板內部了，下村先生也要鑽進去，不過內野先生好像從裡面傳了什麼東西給他。過了一會兒，兩個人抱著一個看似沉重的電子機械爬下來。

「這是線圈，這是磁鐵。當線圈導入強大的電流時，磁鐵就會產生強大的磁力。我們來試試看吧。」

內野先生在桌子底下摸索，找到一根粗電線再接上，接著按下剛才牆上的那個開關，把鎳製紙鎮帶到旁邊，立刻發出「啪」的一聲吸住了。我好驚訝。

「如果文鎮是鐵製品，下村可能早在一個小時前就解開謎底了吧。純鎳會受到磁鐵吸引，知道這個原理的人並不多。醫生把它安裝在天花板內部，導電讓紙鎮吸到天花板上，接著再斷電讓它掉到自己的脖子上。這是自殺。剛才那位先生的指南針不準吧？當時檢察官偶然按了這個開關，所以指南針才會指向桌子的方向。之所以會準備兩個紙鎮，是為了採集清水先生的指紋。為了讓清水先生涉有重嫌，我想他有充足的理由這麼做。在這座機器旁邊，還有另一座相似的紙鎮，以及醫生的另一封遺書。」

這是一封給警察的遺書，所以警方立刻開封查看。由檢察官唸出信件的內容，我聽得熱淚盈眶，流下悔恨的淚水。

各位親愛的警察先生們。我不知道這第二封遺書，會在我死後幾天才被發現。不需要我再次說明，當你們發現這封遺書時，代表我死於自殺之事遭人揭曉，也是清水洗清嫌疑的日子。只願這封遺書被發現的時期，不長也不短，足以讓我對清水加諸在我身上的暴力復仇。

太短了。醫生活著的時候無法報仇，不知道花費了多少苦心以死尋仇，卻這麼簡單就被發現了。為什麼那個貪心鬼不能遭到更嚴重的天罰呢？我的眼淚怎麼也止不住。我想大家的心情跟我一樣吧。大家都一臉陰鬱，沒有人開口。

不過，接下來只剩下古田的問題了吧。由於這不是殺人事件，所以檢察官他們也鬆了一口氣，準備打道回府。清水很高興，不過他好像失魂落魄的，一直在發呆。

這時，內野先生突然叫住檢察官。

「檢察官大人。事件還有部分細節尚未釐清。我想要告發清水與古田共謀，想要竊取醫生的研究。還有，這位下村也不是完全無罪。他把診所的窗子打開，方便古田潛進來。」

唉呀。下村先生做了這種事嗎？難不成下村先生是清水的手下嗎？是不是內野先生搞錯啦？如果他誤會了，這樣很過分耶。說不定是為了報平日爭論的一箭之仇。如果是這樣，那就更過分啦。不過我覺得內野先生不會做這麼下流的事，我好困擾啊。可是下村先生看起來一臉坦然耶。

聽了這句話，檢察官大人總不能就這樣離開。他開始調查內野先生說的內容。我被叫到外面。後來也不知道怎麼了，下村先生跟清水先生都被警察帶走了。

壞事總是接二連三。當天晚上，連夫人都過世了。內野先生一手包辦各種事務，隔了一天才舉行寂寞的葬禮，幫忙家務的人也都紛紛回家了，我覺得內野先生很奇怪，下村先生被警察帶走之後，總覺得內野先生似乎沒那麼可靠了，不像之前那樣了。儘管如此，到了離別的時刻，他對我說：

「八重，再見了，我們有緣再相逢吧。」

我還是留下擔心的淚水。

後來的事，你應該也在報紙看過了。清水跟古田因竊取醫生的研究，被關進牢裡了。清水似乎以為自己逃不過那一天的殺人嫌疑，嚇得半死，後來腦筋也不靈光了，變得跟廢人沒兩樣了。他果然遭到天譴了。聽說醫生的研究對戰爭有所助益。不知道是陸軍還是海軍，總之已經被他們收歸己用了。最意外的一件事就是，下村先生在被警察帶走的半路逃走了。沒想到他竟是那樣的人！真是知人知面不知心。又過了兩、三個月，清水跟古田的事情已經告一段落的時候吧，內野先生跟下村先生不知是從哪裡打聽到我在現在這個地方工作，而且很巧耶，在同一天寄信給我。我先從下村先生的信開始讀起。

親愛的八重子小姐

妳平安無事真是太好了。我會默默為妳祝福。託妳的福，我也平安無事。

那天，我在去警局的路上逃跑了，妳一定嚇了一跳吧？我那天也是費盡千辛萬苦。畢竟對手是內野那樣的強手嘛。我想妳應該也被蒙在鼓裡。所以我想要悄悄告訴妳。

先從頭說起吧。清水想要奪取醫生的研究。醫生的研究是用於戰爭的毒氣，可說是極機密事項。這件事被清水察覺了，雖然他不知道研究的內容，不過他覺得只要能賺錢就行了，所以拿還錢當藉口，不分青紅皂白地把它搶走了。雖然研究還沒完成，大部分還是落入清水的手上。然而，研究內容用德文書寫，清水根本看不懂，所以他必須拜託某人幫忙翻譯，同時又要小心行事，只能偷偷找來古田，支付豐厚的酬勞請他翻譯。由於古田擅自離家的關係，他家大鬧一場，又傳出種種危險的謠言，事情差點要鬧大了，所以中途讓他回家一趟。古田第二次到清水家翻譯的時候，收音機小子（他本人很討厭這個稱號），也就是那位大盜以清水為目標，用那本銀行的存摺把他引出去，進入空屋，想不到古田竟然在翻譯，於是先在不告而取的狀態下拿走原稿。當然只拿了一部分。清水也很謹慎，每次只給古田一小部分。後來收音機小子回家看了內容，覺得十分有趣，說不定可以賺到一筆錢。他又伺機行事，第三次被清水找去的時候，古田那傢伙佯稱是遇到強盜，只受了一點擦傷，假裝身受重傷，把剩下的原稿藏在自己的懷裡。報紙不是報導那是收音機小子幹的好事嗎？這件事燃起收音機小子的怒火，入侵古田家，把他綁起來翻找，可是又到處都找不著原稿。這就是古田遭遇四次怪事的真相。後來，收音機小子領悟到醫生才是原稿的出處。也就是說，研究的原稿分別在古田、收音機小子跟醫生（應該是最後一位吧）的身上。這時，收音機小子決定親自跑一趟虎穴。只要待在醫生家，應該能趁隙奪得醫生持有的部分，他擬定計劃，還把古田找來，威脅他交出原稿。

有一天，收音機小子用清水的名義寫了一封假的信給古田，說是最後的原稿藏在醫生書房的書箱裡，叫他過來搶。接著，他悄悄打開診所的窗戶。只要古田上門，就能把他捉住，威脅他吐出原稿。然而，不知是幸運還是不幸，當天晚上，因某人的計謀，紅茶裡放了安眠藥，害他睡得不醒人事。

收穫。古田為了湮滅證據，正打算把從醫生那裡搶來的原稿燒掉，要是再晚一步，醫生的研究就會被永遠埋葬了。內野也知道古田把原稿偷偷藏起來，似乎打算等他被關再去找，可能沒料到他打算燒掉吧。我想妳已經發現了，內野就是收音機小子。至於我呢？我是私家偵探。醫生聘請我保護他的安全，現在回想起來，醫生應該是打算讓我逮捕清水吧。因為我被紅茶迷昏了，沒能達成醫生的目的跟我的目的。醫生也許是一片好心，不過在紅茶裡放安眠藥的罪孽真是深重。

言盡於此，請保重身體。

讀著讀著，我真的好驚訝。有點害怕內野先生的來信內容了，不過我還是下定決心打開來看了。

我心愛的八重小姐

妳好嗎？是不是一如往常，讓人放心不下呢？

託妳的福，我也很好。

我想妳差不多該知道我的事了吧。那一天真是一場苦戰啊。畢竟對手可是下村，本名是木村清的強手呢。如果只求平安脫身，那倒是沒什麼問題，不過我想偷偷借走醫生的研究嘛。古田的潛入，原本就是我約他過來的，就算沒有證據，我也了然在心。坦白說，我本來打算當場制伏他，逼問他原稿的下落，結果被紅茶迷昏了。於是我反過來利用這個情況，供出古田的事，博得檢察官的信任，順便把古田送進牢裡。我的如意算盤當然是等他不在再到他家偷取原稿。

於是我將之前從古田手裡奪來的，他翻譯的原稿紙片迅速夾進書裡，想要拿它為證據，主張古田曾經來過，此舉騙過以檢察官為首的眾人，不過好像立刻就被木村看穿了。我心想，這下不行了。發現醫生的機關，潛進天花板內部時，不出我所料，最後的原稿果然在那裡，不過我沒辦法帶出來。

我想木村應該已經察覺我把打開診所窗戶的事推到他頭上，企圖先發制人，仔細想想，那可是危險的行為。

總而言之，我取得醫生原稿的開頭跟結尾，中間則是意外地被木村從古田手上攔截了。我與木村一來是為了報效國家，二來是為了醫生，將它統整在一起，交給了陸軍省。交換條件是我並未留下明確的證據，所以不會洩漏我的身分，所以我也爽快地交出原稿了。

感謝妳泡的紅茶。對我來說，那杯紅茶是幸運，也是不幸。最後是幾張我拿走的照片。要是妳知道我的身分，應該會不高興吧，我把它還給妳。

我忍不住出聲說，不用還也沒關係的。最後，我從信封拿出我那沒有襯紙，手札型[2]大小的半身照，把它們撕個粉碎。這麼做不為什麼。那兩個人都好厲害

譯註2　一種照片的尺寸，十．八公分乘八．二五公分，約為名片的兩倍大。

啊。看穿了我在紅茶裡加了一種叫做Calmotin的鎮靜劑。因為那天晚上兩個人激烈地討論吧。後來被醫生叫過去。就沒再吵下去了吧。我心想吵架可不是好事，所以給他們兩個人下了藥。結果半夜發生那種事，害我不知道該怎麼辦。要是他們兩個沒睡成那樣，醫生可能會得救吧。不對，應該不會吧。醫生都下定決心自殺了。要是能讓清水被懷疑更久就好了，唉，為什麼沒能早一點發現那座機械裝置呢？要是能讓內野先生涉有重嫌，事情就會更複雜了吧？不管怎麼做，對醫生都是有害無利。這樣的話，我又會更悲觀了吧。

踏入陷阱者

只要有五百圓，他就不用死了。也不需要殺死玉島。說不定這會是他的轉機，運氣從此好轉呢。有本事遺失五百圓的迷糊蛋，少了五百圓也不會覺得困擾吧。

一

時間早就過了十點，妻子伸子卻還沒回家。

友木著急地站起來。他瘦骨嶙峋的臉已經扭曲，清楚浮現痛苦的神色。

不管向誰求助，到了這歲末年終，應該沒有人願意把錢借給總是有借無還的他吧。他不可能不知道這個道理。所以，當伸子穿著一件單薄的外衣，冷得發抖，還是說要出門籌錢的時候，他也表示那是徒勞之功，勸她不要出門。不過，也怪不得伸子還抱著一縷希望，想方設法要脫離這無計可施的困境。結果友木明知是多此一舉，仍然只能送妻子出門。最後一如他的預期，妻子一直都沒回來。她肯定飢寒交迫，還要邁著疲憊的步伐，持續著毫無希望的努力。

他想到可憐的妻子在這裡被推辭，在那裡被拒絕，拖著緩慢的步履在鎮上徘徊的模樣，不知不覺中，那模樣已經化為放高利貸的玉島，長得尖嘴狐腮，把舊包包夾在腋下，四處漫步的模樣。友木的淚水奪眶而出。為了揮去這個影像，他閉上眼睛甩著頭，不過他緊握的拳頭卻興奮地直發抖。

今年春天，他跟妻子接連罹患流行性重感冒。一直處於失業狀態的友木，過去已經多次向親戚與朋友借錢又無力償還，在窮途末路的狀態下，向玉島借了五十圓。後來，友木未能完全康復，便拖著病體流著血汗賺取一點小錢，大半都被玉島拿去當利息了。於是，欠債不僅沒減少，還每個月增加，後來連本帶利滾成兩百多圓了。玉島不曾停止催款，尤其是年關將近的時節，幾乎每天都上門大鬧。友木夫妻已經三天沒吃飯了，眼看著就快要過年了，身上卻一毛錢都不剩，除了流浪街頭，大概也沒有其他的法子了，這可說全都是玉島害的。

等不及妻子回家，友木心裡不停咒罵著玉島。

滋、滋，隨著異樣的聲響，最後的蠟燭就快要燒盡了。燭火搖曳，將他的黑影投射在比鷄舍還荒涼的屋裡崩塌牆上，宛如妖怪一般，忽大忽小。

持續詛咒玉島的友木心裡，突然想起一事。他嚇了一跳，四處張望，不久，他一直盯著一處。他的表情愈來愈猙獰。臉色則像土一般蒼白。

「唔唔。」

他痛苦地呻吟。兩邊太陽穴淌落如絲的汗水。

「唔唔。幹掉他吧。」

他終於吐出最後一句話。他下定決心，要殺了玉島，結束這一切。

他嘲弄著自己想跟玉島交換的廉價性命。然而，除此之外，他也沒有其他活路了。想到那個狐狸一般的玉島，流著紅色的鮮血，在他的腳邊顫動四肢，逐漸斷氣的可憐模樣，他覺得有點開心。殺了玉島之後，應該能拯救幾個同樣受到玉島迫害的人吧。他也抱著這樣的想法。種種的思緒，促使他下定殺害玉島的決心。

下定決心之後，他必須把握妻子尚未回家的時候，逃離家裡。見了妻子之後，說不定他的決心會動搖，又說不定最後會為妻子帶來更多的痛苦。

我一直在讓妳吃苦。已經不知道該怎麼活下去了。我要殺了那個跟吸血鬼沒兩樣的玉島再去自殺。妳一個人的話，應該有辦法找到一條生路吧。把我這個沒出息的老公永遠忘掉，活出有意義的人生吧。

原本想留下這樣的遺書，總覺得這像是平庸老公才會做的事，況且要是太早被人發現，殺害玉島的計劃可能會遭到阻止，那就麻煩了，友木決定不要讓妻子知道任何事。

玉島家裡沒有人，不過門窗緊閉，全都上鎖了。他聽說夜裡的戒備更森嚴，該怎麼潛入就成了一個問題了。殺人的方法更是一大難題。別說是短刀了，友木連簡單的折疊小刀都沒有。他當然沒錢能買那種東西。要是有錢的話，就算只有十錢，肯定會先買芋頭來填飽肚子，把殺害玉島的事情擱到隔天。一想到自己連殺死玉島的兇器都沒有，友木不得不露出苦笑。

蠟燭正努力地燃燒到最後一刻，隨著瞬間「啪」地亮起，眼見著燭焰愈來愈小，轉瞬之間就消滅了。

友木慢吞吞地走出漆黑的屋子。

二

年末的大特賣讓大馬路明亮又熱鬧。櫥窗陳列著各種奢侈品，每一項的定價都是友木一個月也賺不到的金額。儘管將近十一點，寒冷的北風刮起行人的衣襬，還是聚集著一群忙碌奔走的人們。

友木混在這些人裡，除了衣著比較寒酸，並沒有什麼引人注目的特徵。就算他臉上帶著些許殺氣，對於歲末四處奔走的人們來說，絲毫不曾被他們看在眼裡。他看起來只像個年末忙碌奔走的人，這點對他來說也不失為一件好事。

然而，他始終覺得自己遭到某人的追趕。他把狩獵帽深戴到眉頭處，微彎著身子不斷往前走。

玉島家在一條昏暗的小巷子裡，由於他們家並不是從事夜間的生意，儘管在歲末時分，大門早已深鎖，大家都已經睡了。

友木走近玉島家時，四肢莫名地顫抖起來，嘴裡感到異樣的乾渴。他在門口來回徘徊了兩、三趟。

他沒有敲門的勇氣。就算能找到跟他見面的藉口，赤手空拳成不了什麼大事。就算看準機會撲到他身上，玉島雖然是個老人，身材相當精實，說不定反過來會把友木制伏。必須想辦法取得兇器，趁他熟睡時，或是從他的背後，總之必須趁對方不注意的時候，否則沒有成功的機會。

友木也去開了側門跟後門，文風不動。現在要進門還太早了。

友木感受著那股難以言喻的焦燥與不安，在玉島家門口來來回回。偶爾在通行人影的追趕之下，走到大馬路。在大馬路繞一圈之後，又回到家門口。

夜愈來愈深了，寒氣也愈來愈凜冽。不過，他完全找不到潛進屋裡的機會。他的勇氣絲毫不曾退卻。他固執地繞著他的目標，不肯離去。

也不知道繞了幾回，當他從大馬路轉進玉島家那條昏暗的小巷子時，友木的腳碰到某個物體。仔細一看，那是一只小小的包袱。友木不假思索地撿起來。包袱裡摸起來像是一疊輕薄的紙。

「難不成？」友木的心跳加速。他經常幻想撿到錢的情景。他也三番兩次地想，除非撿到錢，不然沒辦法解決自己的狀況。甚至多次想著要是能撿到錢，不知道該有多麼開心。幾度熱切地渴望能夠奇蹟般地撿到錢，脫離窮苦的困境。不過，幻想終究是幻想，這樣的奇蹟從來不曾發生過。

就在今天這樣的日子，奇蹟可不是降臨了嗎？心想著這件事，同時又感到一股異樣的不安，友木打開包袱。裡面是一個紙包。接著，

奇蹟天降！

紙包裡面正是一綑鈔票。

友木的手抖個不停。他慌忙把整疊紙鈔塞進懷裡。他從來沒拿過那麼多錢，沒辦法目測金額，至少有五百圓吧。

友木瘋狂地奔跑。總之，待在原地讓他感到害怕。

跑到距離數町[1]遠的地方，他總算鬆了一口氣。

該怎麼辦？

送去警局招領嗎？失主說不定會給他一成禮金當報酬。不過，要是無法立刻找到失主，不知道要等多久。不然乾脆直接抽出謝禮再送去招領吧。不行，要是被發現就麻煩了。乾脆全部借走吧。

只要有五百圓，他就不用死了。也不需要殺死玉島。說不定這會是他的轉機，運氣從此好轉呢。有本事遺失五百圓的迷糊蛋，少了五百圓也不會覺得困擾吧。

借走吧。友木終於下定決心。

他覺得周遭似乎瞬間亮起來。希望從他日漸乾涸的胸口一湧而出。

他突然想起妻子。

當她回到漆黑的家裡，發現他不在了，不知道會怎麼想呢？又或是她還在

譯註1　一町約為一〇九公尺。

鎮上徘徊、奔走呢？

必須快點、儘早告訴她這個好消息。

友木的胸口撲通撲通跳著，往家的方向奔馳而去。

三

家裡一片漆黑。

友木四處摸索著走進屋裡，出聲叫喚，妻子還沒回家。

他出門到附近的雜貨店買了兩根蠟燭。忐忑不安地從懷裡掩到的錢裡，抽出一張十圓紙鈔付錢，店員也不曾懷疑，找錢給他。接著，他去食品行。他買了軟綿綿的吐司、奶油跟火腿的罐頭。然後又在水果店買了紅通通的蘋果。他愉快地哼著歌回家。

粗大、雪白的西式蠟燭，帶來睽違已久的暢快照明。他醉心地吃著吐司。接著又啃起蘋果。

肚子填飽了，總算有一點餘力，他想起好久沒有抽菸了，突然好想抽一根。他再次出門買菸。盤腿坐在地上抽一根，帶給他難以形容的爽快心情。方才那個決心一死的自己，似乎已經成了另一號人物了。

妻子也不知道是怎麼了，一直沒有回家。

雖然他悠哉地等著，坦白說，他很想早一點見到妻子。真想快跟妻子分享這份喜悅。不過，妻子遲遲不肯現身。

他感到一絲不安。她是不是遇到什麼事了？該不會出車禍了吧？他的不安愈來愈強烈。

她是不是受不了我了，逃走了呢？儘管心裡一直覺得不可能，友木的思緒仍然一直飄向不好的方向。

不對，她應該抱著微渺的希望，到各個親人、朋友身邊徘徊吧。友木再次思考。就算這樣也太晚了。說不定被車……友木怎麼也冷靜不下來。

這時，他在房裡找到一個奇怪的東西。

在房間中央的地板上，可不是立著一根燒到一半的短蠟燭嗎？剛才他出門的時候，已經把最後一根蠟燭燒完了，如今，在燒盡的蠟痕上，像在模仿那根蠟燭似的，燒焦的尖銳燭芯依然挺立著，殘留在一旁的地板上。看來這根蠟燭是在他出門之後，有人拿過來的。那個人肯定是伸子。

這代表妻子曾經回家過。由於找不著他的身影，她似乎又出門去了。她到底上哪去了呢？就算出門了，無處可去的她，差不多也該回來了吧。他愈來愈不安了。

他想出門尋找妻子。不過他不知道妻子的去向，說不定會錯過。他抱著無計可施的不安，坐也不是，站也不是，環顧著四周。

這時，他才發現房間角落擺著一封像書信的東西。他心跳加速，像飛撲一般，拿起那封信。

那確實是伸子留下的信。

友木慌慌張張地開信閱讀，他的神色猛然刷白。信上寫著以下的內容。

有一點希望的地方，我全都去拜訪過了。可是，如同你最早說的那樣，全都不行。我沮喪地回家。你不知道去哪兒了，家裡空無一人。我取出放在袖口裡的一塊蠟燭，點了火，一直等著你回來。怎麼那麼淒涼呢？到了明天，我們甚至必須離開這個像倉庫一樣的家。連一錢也存不了，甚至連得到一錢的機會都沒有。我一直在思考。我想起很多事。連眼淚都流不出來了。

我們終究是活不下去了。我下定決心了。只要少了我這個絆腳石，你依然是個男子漢，一定能找到某種生存之道吧。我下定決心了。我要離開你。

與其說是離開你，不如說是我很清楚一件事，沒了你我就活不下去了。我想殺死那個可恨的玉島。雖然玉島小心謹慎，對女人應該會大意吧。我會假裝還錢，跟他見面，趁機刺殺他。

非常感謝你這麼久一來一直愛著我。請你偶爾想起可憐的我。願你度過有意義的人生。

友木還沒看完，已經瘋狂地衝出門。朝向玉島家直線衝刺。

妻子跟他想著一樣的事。就連信上的字句，都跟他想留給妻子的一樣。她跟他輪流去了玉島的家。

說不定已經來不及了。說不定她已經殺了玉島。太可怕了！

不過她有辦法輕易地進入玉島家嗎？她只不過是一介女子。說不定被玉島制伏了。拜託，一定要這樣！

動作慢一點啊，伸子。玉島什麼的已經不重要了。要是非得殺了他，我會搶在妳之前下手的。唉，都是我放過他，說不定要讓妳背負殺人重罪。啊啊，好可怕，拜託，請妳還不要下手。請讓我趕上吧。

友木嘴裡自言自語，不斷往前衝刺。

四

唉，糟了！

玉島家二樓的燈光亮著。側門開了一條縫，輕輕一推就開了。

啊，伸子已經進去了。

友木推開側門，衝進中庭，四處張望，說不定能看到伸子手持染血短刀，昏倒在這裡的模樣。不過他什麼也沒看見。

玄關也沒有鮮血流淌的痕跡。

慘事還沒發生嗎？伸子平安嗎？有沒有被玉島壓制呢？唉，這樣也不錯。拜託妳一定要平安無事。

友木來過這裡，熟門熟路地直接衝上樓，朝向玉島家的會客室前進。

突然傳來有人爭吵的聲響。

友木像顆皮球似的，衝進房裡。

只見伸子拿著不知道打哪來的，銀光閃閃的小刀，氣勢十足地靠近玉島。玉島被逼到牆邊，雙手伸到胸前，發出不明究裡的叫聲。

「伸子，住手！」

友木怒吼。也許沒傳進伸子的耳裡吧，她往前跨了一步，伸手向前刺。玉島發出「呀」的一聲，像是鳥被擰住脖子似的叫聲。

友木撲向伸子。右手緊緊握住她拿著小刀的手。

伸子猛烈掙扎著回頭。見到友木之後，大叫：

「啊！是你？」

她鬆手扔下短刀，像是突然失去繃緊的力氣，身子一軟，倚在友木的胸口。

躲過差點喪命的危機，喘了一口氣的同時，玉島嚇得皺起他的臉，一邊大叫。

「亂來。亂來。」

友木用充滿憎恨的眼神，望著失去血色的玉島，怒吼著：

「什麼亂來？」

「你說什麼亂來？這個世上還有這麼亂來的事嗎？借別人錢收不回來，還想要殺人，你怎麼敢說出這麼蠢的事？」

「不能說就閉嘴啦。殺了你這樣的人只是剛好而已。」

「亂來一通。不道歉的話，那就把事情說清楚。我再也不能忍受了。我要告你。」

「哼，想告就去告啊。我已經不怕你了。」

「不怕我也沒關係，高層可是很可怕哦。」

「我不怕。」

「別說傻話了。這可是要坐牢的。」

「我沒差。」

「亂來。亂來。先不提這件事了，快點還錢吧。」

「哼哼。你就這麼愛錢嗎？把錢還你，你就沒話說了吧。」

「把錢還來，乖乖回家，我就當沒這一回事。」
「好，我把錢還你，借據還來。」
玉島可憐兮兮地說：
「借據被你老婆撕破了。」
「哦？撕破了？哼。」
友木安靜地把伸子抱起來，問：
「妳撕破了嗎？」
雖然她的臉像死人一樣慘白，不過她還是堅定地回答。
「對。」
友木對玉島說：
「就算借據撕破了，你還記得金額吧？」
「嗯，我當然記得。」
「你說個數字吧。雖然借據都沒了，不用還也沒關係，不過我跟你這種下流小人不一樣，我不會做這種事。說個數字吧，我會付你錢。」

「咦？你要付嗎？我不是在作夢吧？本金跟利息加起來，總金額是兩百二十八圓又四十六錢。」

「好。」

友木拉出懷裡那綑鈔票，用不聽使喚的手勢開始算錢。

「來，這裡是兩百三十圓。」

「我是不是在做夢啊？還以為要沒命了，居然能拿到你還的欠款，太棒了吧。是不是想趁我不注意的時候，又把小刀刺過來啊？」

「閉嘴。少在那邊囉嗦，快把錢拿走。」

「有點恐怖耶。」

玉島心驚膽跳地接過紙鈔，動作老練地計算。然後看到友木全額償清，似乎也沒有想要加害於他的模樣，方才喪氣的樣子早就不見了，他的臉一下子亮起來，樂不可支。

「沒錯，沒錯。等一下。我找你錢。」
「不用找了。你留著吧。」
「咦？真的嗎？」
玉島相當驚訝，
「友木先生，你窮歸窮，總覺得你跟其他人不一樣，你真是個了不起的人。我很敬佩你。」
「閉嘴。」
友木大喊，
「這下子沒事了吧？」
「沒事了，沒事了。我給您敬個禮。」
玉島低頭行禮。
「好了。輪到我了。你一直都讓我活於痛苦之中！」
友木握緊拳頭，一拳揍向玉島低著頭的側臉。

玉島腳步踉蹌，可憐兮兮地皺著一張臉，

「好痛！啊，這個用來抵找零的份嗎？」

「什麼？」

友木怒火攻心，又揍了玉島一拳。

「伸子，我們回家吧。」

友木催促伸子，像是凱旋的將軍，慢條斯理地從玉島家撤退。

五

回到家之後，友木簡單地向伸子說明得到錢的經過。他自然沒提到直接將撿到的錢據為己有。只說他撿到一筆意料之外的鉅款，從失主那邊得到謝禮。伸子當然相信了。

她喜形於色地說：

「真是太好了。」

不過友木卻一臉慘澹。

友木在不安之中過了一夜，隔天一大早就催促伸子出門旅行。他總覺得待在東京是一件很可怕的事。向房東繳完遲繳的房租，收拾細軟後，兩人跳上火車，前往湘南地方。

然而，友木尚未得到解放。

當天夜裡，友木在旅館拿起晚報，不覺「啊」地叫出聲。

「怎麼了？」

伸子驚訝地仰望先生。

「糟、糟了。玉島被人殺死了。」

「咦？」

兩人攤開晚報，閱讀相關報導。

據晚報記載，今天早上放高利貸的玉島全身冰冷地倒臥在二樓的房間裡，被幫傭的失聰老婆婆發現。玉島胸口還插著一把小刀。犯案時間大概在今天凌晨一點到兩點之間，似乎是強盜的犯行。

伸子像喘不過氣來地說：

「呀，嚇死人了。他不就在我們離開之後立刻被人殺害嗎？」

「嗯。側門開著，玄關也沒鎖，應該是強盜潛入吧。」

「先是你想殺他，接著我想殺他，我們放過他一馬之後，最後還是被第三個強盜殺死了，他果然註定要被人殺死耶。」

「嗯，真是個倒霉的傢伙。」

「老天爺的懲罰吧。還好我們沒有殺他。」

「不過，我們可能會被懷疑吧。」

「真的耶。突然有錢了，突然出門旅行，而且我們還去過玉島家。全都是值得懷疑的條件呢。要是被警察帶走，該怎麼辦呢？」

「沒辦法啦。到時候再說。」

為了讓妻子放心，友木若無其事地說，不過他心中的還是一樣不安。不對，不安的程度已經非比尋常。他害怕得直發抖。好，如果想要洗清殺害玉島的嫌疑，只能老實招供將撿到的錢據為己有之事了。如果不老實講，殺害玉島的嫌疑只會愈來愈高。搞不好還洗不清殺害玉島的嫌疑。

友木突然陷入沉默，伸子擔心地問：

「親愛的，怎麼了？」

「沒事。我累了。來睡覺吧。」

友木命女服務生鋪好床鋪，躺下來。不過，他的不安水漲船高，怎麼也睡不著。

天亮之後，每當聽見走廊傳來的腳步聲，友木就會緊張地以為刑警來了，睜著睡眠不足的浮腫雙眼起床，急著想看早報。

等待著他的是意料之外的幸運。報紙報導殺害玉島的犯人很快就遭到逮捕。

伸子撫著胸，開心地說：

「太好了。」

不過，友木依然沒有遭到解放。

據報紙的報導，殺害玉島的男子是武山清吉，是一家小酒店的年輕員工。前一天夜裡，在老闆的命令之下，向顧客收取貨款，將五百多圓的紙鈔用包袱包起來，放在懷裡帶回家，半路上不見了。他發現之後就拚命地到處尋找，不過可能被別人撿走了，一直都找不到。

因為持續的不景氣，老闆就快要破產了，要是少了這筆錢，財務狀況可能雪上加霜。清吉很清楚這件事，心想他只剩下自殺謝罪這條路了，茫茫然地在路上走著。不久，他發現自己站在一間大房子前。他知道這是位在老闆家附近的那名惡名昭彰的放高利貸的玉島。他失魂落魄地到處找錢，一心只掛念著遺失的錢，從顧客家循著原路走回老闆家。

在這個人家裡，一定有五百或一千圓吧。他抬頭望著玉島的門牌，心生一計。於是他不假思索地望向側門，似乎有一道小縫。他像是受到某種肉眼看不見的事物吸引，推了側門。側門毫無阻力地打開了。他昏昏沉沉地走進去。也不知道是怎麼回事，玄關竟然開著。他靠著來自二樓的燈光，走上樓梯。就這樣搖搖晃晃地走進亮著的房間。結果發現玉島還醒著，向他怒吼。他著了魔似的，撿起掉在一旁的小刀。接著，把玉島刺死了。

他看到桌上有紙鈔。他把錢塞進懷裡。他又看到金庫，本來想要打開，卻失敗了。不久，他開始害怕起來，衝出屋子，漫無目的地徘徊，被巡邏的員警懷疑，送進最近的警察局拘留所，直到今天中午，他才坦承自己殺害玉島。

看完報導之後，伸子臉色蒼白地嘆了一口氣說：

「真是個可憐的人。」

然而，她似乎還沒發現先生的謊言。

友木抬起宛如死人般慘白的臉，盯著一處，斷斷續續地說：

「這是命運。命運這傢伙，總是設好陷阱，等待有人自投羅網。這就是人生啊。」

「所以呢？」

伸子覺得先生有點奇怪，說：

「踏入陷阱的就是不幸的人嗎？」

然而，友木沒有回答這個問題。接著，他深深嘆了一口氣。

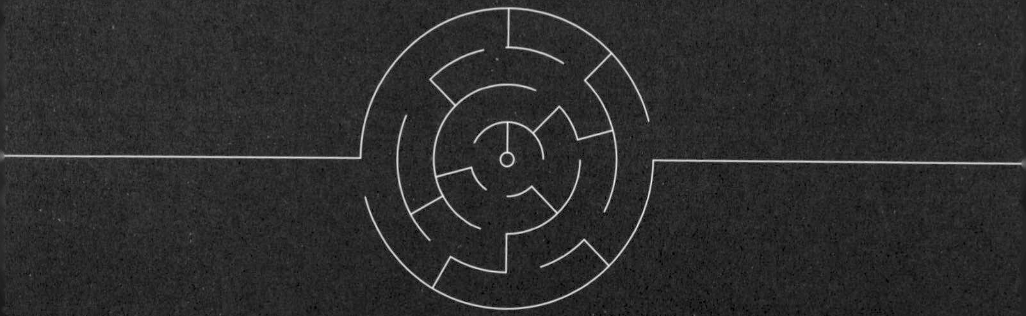

中篇

血型殺人事件

人們總會用自己最了解的知識，來解決各種事物，例如病患表示劇烈腹痛時，外科醫師會立刻想到盲腸炎，內科醫師則會立刻想到膽結石。這個符號立刻讓我聯想到血型。

苦忍一年

如今，我仍然經常夢見毛沼博士的非自然死亡事件，那是一個幾乎讓人遭逢夢魘，讓人毛骨悚然的事件。事件之後不到一個月，我尊為慈父的恩師——笠神博士夫妻也意外自殺，這時已經超乎驚訝的程度，把我的魂都嚇傻了，連眼淚都流不出來。後來，我好不容易振作起來，展開博士留給我唯一的一封遺書，我這才感到一股宛如被推落地獄般的絕望。我幾乎想要跟隨博士夫妻的腳步，向這個世界道別，好不容易才打消這個念頭。

當時，警察當局與各位報社記者都拚了命地逼我，要我公開遺書。不過，我遵守博士要求一年後才能公開的遺志，堅持到最後。為此，我不知遭到世人多少的誤解。不過這也是無可奈何之事。

於是，我就這麼過了無計可施、傷心、焦躁，難以言喻的苦忍一年。

直到恩師笠神博士夫妻的對年，終於得以在此公開發表博士的遺書，哪怕是一小部分也好，我終於能卸下長期以來的心頭重擔，不知多麼輕鬆。

在我發表博士的遺書之前，以下先依序從毛沼博士的非自然死亡事件開始吧。

非自然死亡的毛沼博士

二月十一日，也就是紀元節[1]那一天，天氣非常寒冷，凌晨六點的氣溫是零下五．三度，是東京地方罕見的低溫。前天夜裡，我喝多了，學校也放假，又加上異常低溫，在三者齊備的情況下，讓我把整顆頭埋在棉被裡，甚至不知道已經早上九點了。

「鵜澤先生。」

枕邊突然傳來叫喚聲，我猛然抬頭，發現寄宿處的老闆娘以猜疑的眼神盯著

譯註1　日本書紀中記載日本初代天皇，神武天皇即位的日子。

我。看來出了什麼大事，我忘記寒冷，立刻翻身起床。

「什麼事？」

老闆娘並未回答，而是遞給我一張名片。首先映入眼簾的，便是S警察署刑警的頭銜。

「這、這是怎麼回事？」

我的心跳漏了一拍，心跳急促得連我自己都覺得丟臉。雖然我不知道自己做過什麼會讓警察找上門的壞事，也許是事情發生得太突然，我整個人都慌了，十分狼狽。

老闆娘用試探的眼神，再次盯著我，說：

「我也不知道是什麼事，不過他想見你。」

我急急忙忙地換好衣服，撥著凌亂的頭髮走下樓。

樓下站著一名盛裝打扮，看起來很時髦的年輕男子。他正是S署的刑警。

「你是鵜澤先生嗎？我就直說了，毛沼博士過世了……」

「咦？咦？」

我跳了起來。簡直像在作夢似的。昨天深夜，我才送毛沼博士回家，一直到看到他回臥室睡覺才回來。再過兩個月，我就要升醫學系三年級了，至少還能分辨出一個人有沒有病危的徵兆。雖然博士已經五十二歲了，體力可比我們好多了，身體完全沒毛病，健康的不得了。

看到我跳起來，刑警露出竊笑，

「聽說你昨晚送他回家。」

「是的。」

「我想問你一些事，以供參考，要麻煩你跟我去署裡一趟。」

「難不成他是被人殺害的嗎？」

我怎麼也不認為他是病死，腦海突然浮現一個念頭，不過我的腦袋明明還沒下達指令，嘴巴卻擅自動了，害我說了這句話。

刑警有別於他時髦青年的打扮，瞬間換上銳利的目光瞪著我，

「到署裡慢慢說，先走吧。」

於是我隨便準備了一下，恍然如夢地被帶到S署。

我等了一會兒，便被叫進偵訊室。一位頭髮理得很短，肩膀又平又方，看起來就像警察的人，坐在粗製濫造的桌子另一頭。儘管沒有人報上名號，在談話的過程中，我得知他便是署長。

「聽說你昨夜送毛沼博士回家，對吧？」

署長的質詢也從方才刑警說過的話起了頭。

「是……」

「幾點的事呢？」

「應該是十點之後。」

這時，我想起放在博士家臥室的時鐘。

「沒有錯，我離開臥室的時候，確實是十點三十五分。」

「那麼你們離開會場的時間呢？」

「搭一圓計程車[2]大概十分鐘的距離，所以是十點二十五分離開的。」

「是什麼樣的聚會呢？」

「M高中校友的醫學系學生聯歡會。」

「來了幾個人？」

「學生有十四、五人。教授則是毛沼博士及笠神博士兩人，其他還有一名副教授，一名助理，雖然他們也是M高中的校友，但因故不克出席。」

「會場有沒有發生什麼奇怪的事？」

「不，沒有。」

這時，我想起毛沼博士與笠神博士在會場的時候，跟平常不太一樣，好像一直迴避著，不肯聊天，不過好像也不是特別值得一提的事，所以沒有說出來。

譯註2 大正年間，只要一圓就能在市區內搭乘的計程車。

「毛沼博士的精神很好嗎？」
「是的。」
「喝了不少酒嗎？」
「是的，喝了不少。」
「多少？喝到不醒人事嗎？」
「沒有，我想應該沒喝那麼多。回家之後，他還能自己換上睡衣，跟我說：『謝謝，你可以回去了。』說完就睡了。」
「平常都是你負責送老師回家嗎？」
「不是的，並不是這樣。因為老師住在我家附近，所以大家叫我送他回家。」
「毛沼博士跟你是最早離開會場的人嗎？」
「不是，笠神博士先走一步了。」
「一樣有人送他嗎？」
「沒有，笠神博士沒喝什麼酒，幾乎沒有醉，所以……」

「你可以詳細交待從毛沼博士回家後一直到睡著，這段期間發生的事嗎？」

「好的。我們從一圓計程車下車後，我牽起步履踉蹌的老師，走進玄關裡，老師就一屁股坐下來，不肯走了。應門的婆婆走出來，『唉』地一聲皺起眉頭，對我說：『不好意思，可以麻煩你扶老師進來嗎？』……」

「只有婆婆走到玄關嗎？」

「不是，還有女傭。女傭走下來，把老師的鞋子脫掉。」

「沒有書生嗎？」

「是的，我聽說平常那位書生請了兩、三天假，回老家去了，……在她們的拜託之下，我扶著老師的頭，婆婆與女傭扶著老師的腳，用拖的，把老師拖進西式臥室裡。」

「當時臥室有沒有點著煤油暖爐呢？」

「沒有，暖爐還沒開。待婆婆點燃暖爐後，老師口齒不清地說：『怎麼不早點點上，很冷耶。』伸長尚且不聽使喚的手腳，開始脫下西服。」

「然後他換上睡衣，睡著了吧。」

「是的。」

我點點頭，有點猶豫不知道該不該說，不過我想還是說出來比較好，

「當時，老師搖搖晃晃地，從上衣跟褲子的口袋裡，掏出各種東西，放在一旁的桌上，只有一個東西，他伸手碰到放在口袋裡的那樣東西時，像是嚇了一跳，瞬間緊張得身體都不再搖晃了，他沒讓我們看那樣東西，很快地拿出來，塞進床上的枕頭下。」

「那是什麼東西？」

「一把小型的自動手槍。」

「哼。」

署長似乎十分讚賞我的毫不隱瞞，點了點頭，

「老師從前就帶著那個東西嗎？」

「我不知道。昨夜我才第一次看見它。」

「其他還有什麼奇怪的事嗎？」

「是的，沒有了。老師換上睡衣後，立刻鑽進棉被裡。然後對我說：『你回去吧。』」

「所以你馬上回家了嗎？」

「是的。」

我猶豫著，說：

「那是我第一次進去老師的臥室，所以我有一點好奇，我在房裡多看了一會兒，不過也只看了房間一、兩分鐘左右。」

「你只有看嗎？」

「因為書桌上疊放著一些罕見的原文書、學術界的雜誌，所以我稍微碰了一下。」

「你只碰了書嗎？」

「是的，我敢保證沒碰過其他東西。」

「後來就離開房間了嗎？」

「對，在那段期間裡，婆婆跟女傭很快地收拾了老師脫掉的衣服，各自拿在手上。我先出來，婆婆跟女傭也跟在我後面出來了。」

「暖爐一直點著嗎？」

「對，沒錯。」

「你離開的時候，老師已經睡著了嗎？」

「好像半夢半醒吧。他一邊說著夢話，頭枕在枕頭上左右搖動。」

「你有沒有察覺他馬上起身，把門鎖起來呢？」

「沒有，我沒有發現。……請問房間上鎖了嗎？」

然而，署長沒有回答我的問題。

「電燈是婆婆關的嗎？」

「對，開關在房間內側，靠近房門的牆上，出來的時候，婆婆把它關掉了。」

「感謝你的幫忙，幫我們釐清了不少狀況。再問你一個問題，聽說你剛才對去接你的刑警說：『難不成他是被人殺害的嗎？』……」

我心頭一驚。覺得有點後悔，早知道就別多嘴了。不過，署長根本不在乎我的想法，接二連三地說：

「你為什麼會說這句話呢？沒憑沒據的，應該不會說那種話吧。」

勝利者與慘敗者

我聽到毛沼博士的死訊時，之所以認為他遭人殺害，並不是基於什麼深刻的證據。

前面也曾提及，我並不認為毛沼博士因病死亡，而且我更不認為博士會自殺，壓根也不曾想過會是過失致死，所以不小心脫口說出他遭人殺害這句話，話說回來，倒也不是毫無根據就是了。首先是毛沼博士持有自動手槍，其次是這兩、三個月來，博士好像一直在害怕著什麼。

毛沼博士有著在外科教授身上常見的豪邁磊落之處，又是酒量很好的人，講課時活潑俐落，活力充沛得不像一個五十二歲的人，而且他還是個不拘小節的人。然而，這兩、三個月來，雖然不是很明顯，總覺得他有點沮喪失意，連一點小聲音都能把他嚇一跳，上課的時候也會犯一些微不足道的錯誤，還會刻意把熟練的手術交給年輕的副教授，儘管都是一些芝麻小事，總之跟平常不太一樣。

我窺探著署長的神色，敘述了我的想法。

「並沒有什麼深刻的理由，不過老師這陣子有點奇怪，而且他居然還有手槍。」

署長點點頭，

「再請教一個問題，關於毛沼博士終身未娶這件事，你知道原因嗎？」

我再次心頭一驚。總覺得他直搗我避不想答的問題。不過，我立刻回答。

「不知道。」

回答不知道絕對不代表我在說謊。要說知道的話，我倒是知道的，只不過我所知的全都是傳聞，再加上我本人的臆測罷了。並不在我能回答確實知道的範圍裡。

根據傳聞，毛沼博士年輕的時候失戀了。而且對方還是笠神博士的夫人。毛沼博士與笠神博士在老家也是隔壁村的同學，更是同一所縣立國中的同班同學，兩人總是在一、二名之間互較高下，同時一起進入M高中，在高中一樣平分秋色，進入帝大的醫學系。這時，毛沼博士選擇外科，笠神博士選擇法醫，總算是分開了，不過那也是畢業之後才分開，就學期間仍然不停地互別矛頭。換個角度看來，兩位博士其實很不幸，似乎是為了彼此競爭而生。他們的競爭可不是拿起武器一分高下的那種鬥爭，競爭的可是在老家的評價、考試成績、名次、社會地位等等檯面下的事物，其中夾雜著動機不純的榮譽心、嫉妒心與猜疑心，對於他們本人來說，肯定是一件非常痛苦的事吧。

倘若傳聞無誤，而且我的推測正確，兩人之間，恐怕曾經有過一場可以將榮譽、性命視如敝屣的戀愛之爭，悲慘極了。我並不知道這段三角關係有什麼樣的來龍去脈，總而言之，笠神博士成了戀情的勝利者，而毛沼博士淪為慘敗者，一輩子孤家寡人。雖然我是M高中的校友，不過我在東京出生與長大，直到進入帝大才首度與兩位博士相識，聽到這些傳聞，不過，後來的三年間，我接受兩位老師的密切教導，與笠神博士更是親近，經常出入博士的家，所以我可以充分地推測出，方才說的傳聞所言不假，與事實相近。

然而，我從來不曾直接向兩位老師或笠神博士夫人打聽，也沒有什麼證據可以證明，所以針對署長的問題，我回答不知道。

署長盯著我瞧了半晌，終於不再追問這件事，而是話鋒一轉，問起別的事來。

「聽說你經常出入笠神博士家。」

「蛤？」

我心想，總算來了。這就是我避不想答的問題。我確實頻繁出入笠神博士的家。如今，博士可不只是我的恩師，還是我所景仰，宛如慈父一般的存在。仔細想想，對於這件事，我沒有什麼好害怕的。不管笠神博士與毛沼博士之前是否曾經有過一段三角戀情，那已經是二十幾年前的事了。我並不清楚當時他們有什麼樣的感情，後來，兩人一直在同一所學校授課，相安無事地度過多年歲月，如今雙方都已經超過五十歲了。時至今日，兩人之間應該已經沒什麼牽扯了吧，就算毛沼博士在自家的房間裡非自然死亡，跟笠神博士也不會有什麼關係才對。

然而，現在署長鄭重地問起毛沼博士過著單身生活的原因，以及我跟笠神博士較為親近等事，儘管我覺得是我多慮了，心裡總有些不太踏實。再怎麼說，我都是將毛沼博士送回自家臥房，而且恐怕是毛沼博士生前最後見到的人，如果要用奇怪的角度來看，把這件事與我跟笠神博士關係密切一事連結在一起，說不定會導致非比尋常的後果。在這個世上，再也沒有比誤解更可怕、更難以辯解的事物了。

儘管我覺得這是畫蛇添足，聽起來也像是藉口，還是忍不住說出口。

「我打算走法醫這條路，所以與笠神博士最為親近。」

「哦。」

署長似乎沒有我恐懼地那般重視我與笠神博士的關係，只是輕輕點點頭，

「聽說笠神博士是一個大怪人呢。」
「他有點怪。」
「我也聽說夫人是個大美女。」
「是的，不過她已經四十幾歲了。」
「可是她看起來比實際年齡還要年輕吧。」
「對，有人覺得她看起來才三十出頭。」
「笠神博士好像完全沒在照顧家庭嘛。」
「沒錯。」
我不得不肯定這句話。博士把全副精神都埋首在鑽研學問之上，完全沒把美麗的夫人看在眼裡。我不知道過去的情況，不過我甚至有點懷疑兩人之間是否曾經有過一段激烈的戀情。
「笠神博士心裡只有學問，大家都說博士的情人就是學問，對吧？」
「對。」

「那麼，夫人是不是有不少緋聞呢？」

「沒那回事。」

我有點生氣地回答。儘管博士夫人遭到博士如此冷淡的對待，她仍然忠貞不二，是一個無可挑剔的人。

署長以打量的眼神看著我，說：

「這樣啊。老公只顧著工作，不顧家庭。老婆自然會任性妄為，這種事很常見吧。」

「我不知道其他家庭的情況，不過笠神博士的夫人絕對不會做出那種事。」

「可是，像你這樣的年輕帥哥經常出入他們家耶。」

簡直是侮辱！我的雙唇不停顫抖。

「你、你什麼意思？我、我是敬仰笠神博士，才會經常造訪他家。你、你到底想要調查什麼？」

也許是我太激動了，署長旋即斂起嬉皮笑臉，說：

「別那麼生氣嘛。我只是在調查有沒有這樣的事實而已。」

「調查也要看內容吧。再說，有必要調查這種事嗎？」

「有沒有必要調查，可不是你說了算。」

署長面有慍色，立刻又恢復原本的情緒。

「這個話題就此打住吧。既然你對法醫這一行感興趣，可以幫我鑑定一下嗎？」

署長打開桌子的抽屜，取出一張看似紙片的東西。

血型研究

現在，我要稍微打個岔，先敘述我與笠神博士的奇妙緣分。

前面也提到笠神博士與毛沼博士都是我M高中的學長，在我就讀M高中的時期，誠如每所學校都會提起他們自豪的學長，我也經常聽聞學校竟然出了兩名優秀的醫學系教授，不過我一直到上了大學，才與他們熟識。

上了兩位老師的課之後，誠如每個人的經驗，我立刻喜歡上毛沼博士，反而比較討厭笠神博士。毛沼博士豪邁爽朗，笠神博士則是臉色蒼白，個性陰沉，任誰都會比較喜歡前者，不想與後者親近。

像兩位博士這般，來自相同的故鄉，國中到大學都同年級，往同樣的道路發展，畢業後依然在同樣的位置，成為同一所學校的教授，本身就是一件稀奇的事了，他們的個性竟然完全相反，也是一件異事。

毛沼博士表面豪邁磊落，黃湯下肚之後，也許是因為單身的關係吧，經常上咖啡廳或舞廳，高談闊論，非常擅長交際。因此，任誰都會被他迷惑，敬愛有加，不過，仔細觀察之後，會發現他的個性膽小，心眼相當壞，而且有些狡猾。汲汲營營自己的名聲，為了保護聲譽，即便機巧地採用下流的手法，也在所不惜。他曾經打著榮升的美名，把兩、三名學識淵博、外科手術手腕高超的副教授，巧妙地下放為地方型大學的教授，我還知道他會把學生的研究成果當成自己的研究，得意洋洋地向學術界報告。畢竟他的口才很好，可以充分掩飾他空虛的授課內容，別說是學術界了，就連普羅大眾都輕信他是一名學富五車又勤奮好學的人。因此，剛開始接觸到老師爽快授課之時，每個學生都會被他迷惑，大多數的人總會被他欺騙到底。

然而，與他相反的笠神博士，表面上真的很陰沉，冷淡又不太會說話。他不會喝酒，個性又古板，沒有人想跟他親近。然而，仔細觀察之後，會發現他其實是一個親切的人，個性慈悲，完全看不到壞心眼與狡猾之處，忠於學問，公正無私。儘管他的學生很少，他卻很疼愛他的學生們，毫不在乎地把自己的功績讓給學生。毛沼博士只會寵愛對自己有利的人，排除對他不利的人，昨天還很好，今天可能已經反目成仇，不過笠神博士即使碰到說自己壞話的人，只要對方是可造之才，還是會十分親切地照顧他。相處愈久，關係愈密切，愈能了解他的獨特風味。

我並不認同N大學A教授用血液來判斷個性的看法。不過，我對於毛沼博士及笠神博士的血液完全不同一事，則十分感興趣。也就是說，毛沼博士是B

型，笠神博士則是A型。同時，兩人不同的血型也是導致後來淒慘悲劇的重大要素，更是這個故事的重點，不容輕易錯過。

如今，人類的血型幾乎已經成為常識，這裡不需要詳細敘述，不過血型與這個故事的後續發展有重大的關係，血型問題在我與笠神博士的連結方面，也扮演重要的角色，所以想在這裡稍微說明。

之前已經提及笠神博士的專長是法醫學，老師對血型進行了最深入的研究，更是血型的權威。人類的血液將會依照其中的血球及血清特質，分類為A、B、O、AB等四種，這已經是無可動搖的事實，也算是一個較為容易的分類，法醫學之所以重視這門學問，倒不如說是為了應用。其中最重要的就是利用血型來判定親子關係。

不管是忠孝、仁義，還是禮智信，人倫的基礎都是親子關係。然而，在文化先進的今日，仍然沒有能用科學確切判斷親子關係的方法，實屬可悲，也是一個不爭的事實，我們也無計可施。然而，隨著血型研究的進步，可以用相當的程度判定兩者非親子關係。也就是說，當雙親都不是A型時，小孩絕對不會是A型，雙方都不是B型時，小孩也絕對不會是B型。當父親為A型，母親為O型時，若小孩為B型或AB型，則表示父親不符、母親不符，或是雙方皆不符。若母親確實為親生，則代表父親另有其人。然而，當父親為A型，母親為O型，小孩為A或O型時，雖然不能否定血緣關係，也無法積極地肯定親子關係。這是因為O型的母親可能會與其他A型的男子，產下A或O型的孩子。

然而，談到AB型之時，則會分為兩種學說。也就是根據兩對對等基因性狀說時，則遵照四種基因學說，當雙親的其中一人為AB型時，會生出各種血型的小孩。如果遵照另一種三種基因學說，O型與AB型會生出A型或B型，A型與AB型、B型與AB型、兩個AB，則會生出A、B、AB型，絕對不會生出O型的小孩。總而言之，AB型絕對不會生出O型的小孩，O型的父母絕對不會生出AB型。

這兩種學說經過長期的論戰之後，經由實驗證實後者學說才是正確的。笠神博士也是三種基因學說的熱情支持者，為了證實此一學說，付出了感人肺腑的努力。我進入醫學系之後，逐漸對法醫學產生興趣，其中最感興趣的便是血型的應用，於是我不得不親近笠神博士，剛開始博士一如往常，不擅於社交，個性古板，難以親近。朋友聽到我要走法醫學的時候，甚至有人嘲笑我，

「跟著笠神先生沒意義啦。」

然而，隨著長期的相處，我逐漸了解，在博士陰沉的背後充滿了誠意，古板的另一面則是慈愛，冷淡的另一面則是公正無私，因此，我對老師的敬仰與日俱增。不過，一年多前，發生了以下這件事，老師說：

「要不要來我家玩？」

在他二十多年的教授生涯中，從來不曾對學生說過這句話，於是我們的私交迅速發展。

對血型感興趣的我，自然驗過自己的血型，得知為A型，我也打算進一步調查雙親與手足的血型，在統計方面提供協助，為此尋求老師的指導。

當時，老師也肯定我是充滿熱忱的研究生，給了我許多鼓勵，並且爽快地教

我判定血型的方式，分給我一些我需要用到的血清。

我立刻著手檢查父母、弟妹的血型，卻呈現出人意表的結果。

也就是說，我的父親是B型，母親是O型，弟妹都是O型。然而，只有我一個人是A型。根據血型定律，B型與O型的雙親，絕對不會生出A型的孩子。

話說回來，我完全沒有必須懷疑父母的理由。

我向老師報告這件事，表示：

「會不會有例外呢？」

老師一直盯著我，：

「應該不是檢驗過程出錯了吧？」

老師常常把這段話掛在嘴上，判定血型乍看之下非常容易，就算是門外漢，只要教他一次，第二次就上手了。儘管已經學會操作，也不容馬虎，要是沒有足夠的經驗與充分的準備，往往會因為其他的原因，誤判凝集反應，所以他總是強調經驗不到家的人，測量血型時的危險性。

我回答：

「我想應該沒有問題。」

老師想了一會兒，說：

「你再測一次看看。」

於是，我再測了一次，結果還是一樣。

老師說：

「我並不是懷疑你的手法，你要不要把抽血的樣本帶過來給我呢？」

於是，我又分別從嫌棄「還要再一次」的雙親與弟妹身上，抽了少量的血，帶給老師。

兩、三天後，老師完全沒提到結果，只問我：

「你是在現在的家裡出生的嗎？」

「不是的，我們搬到現在的房子，還不到五、六年。我是在醫院出生的。」

「在醫院？」

「是的，因為我是第一胎，為了保險起見，據說我是在四谷的K醫院生的。」

「在醫院？」

老師好像有點驚訝，卻又立刻恢復原本冷靜的口吻，說：

「哦，這樣啊。」

後來，老師就沒再說起其他的話題了。

又過了大約一週左右，老師突然對我說：

「要不要來我家玩？」

我當然很高興，立刻遵從老師的好意。後來，我便頻繁出入老師的住處。每當我到訪，老師會立刻進入書房，跟我討論許多有意義的話題，讓我看一些珍貴的原文書，問問我家裡的狀況，對於不擅交際的老師來說，我可以充分感受到他付出許多努力，拚命地接待我。因此，我總算能感受到老師內心洋溢著親切與慈愛。

我也經常與博士夫人見面。前面也提過，夫人看起來比實際年齡還小十歲左右，是一個美女，儘管幾乎脂粉不施，臉龐總是白皙光潤，明明穿著素雅的服裝，仍然散發著清秀的氣質。我比較意外的是，他們夫妻之間總像是外人，冷淡而疏遠。儘管博士努力對我說各種話，面對夫人的時候，除了必要的話，幾乎什麼都不說，偶爾開口說話，頂多了只有四、五個字，都是簡短的句子。聽說他們兩人曾經歷過一段轟轟烈烈的戀愛才結婚，看了他們相敬如冰的樣子，實在是難以想像。不過，也許像陌生人一般的態度，是出於博士的個性，他埋首於學問之中，對其他事物都沒有興趣，他是一個沒有興趣的博士，倒也不是個性冷淡吧。

夫人總是溫柔賢淑。完全不會違背博士的心意，從不表示自己的意見，行事低調，就連出入書房都不會發出腳步聲。對我也是十分拘謹，卻又展現充分的溫情。他們絕對不像少數人的臆測，說博士與夫人是貌合神離的夫妻。人們謠傳博士與夫人之所以變成現在這般生疏冷淡，乃是由於十多年前，夫妻之間的獨生子在十幾歲時過世，也有人說是結婚不久就這樣了。我不知道哪種說法才是正確的，又或者兩者都不正確。

話題扯遠了，不過我想大家應該能了解，我因為血型的研究，跟博士十分熟稔的來龍去脈。

讓我們回到正題吧。

恐嚇信

署長從書桌抽屜裡，拿出一張紙片，秀給我看。紙片是裁切成長方型的薄肯特紙，尺寸可能比明信片大一點。上面以一種製圖家使用的圓體字型，寫著以下的字句與記號。

Erinnern Sie sich zweiundzwanzigjahrevor!

Warum　O×A　→　B　?

「這是德文吧。」

我說：

「上面寫著『想起二十二年前吧』。然後是『為什麼』，符號則是……」

我歪著頭。

人們總會用自己最了解的知識，來解決各種事物，例如病患表示劇烈腹痛時，外科醫師會立刻想到盲腸炎，內科醫師則會立刻想到膽結石。這個符號立刻讓我聯想到血型（雖然是血型沒錯）。

「呃，這是不是在說血型呢？」

「什麼意思？」

「也就是說，為什麼呢？為什麼O型跟A型會生出B型呢？」

「這是什麼意思？」

「就是這個意思。為什麼O型與A型的雙親，會生下B型的小孩呢？大概是在說這個吧。」

「這件事跟前面那句話有關嗎？」

「我不知道。」

「嗯嗯。」

署長無可奈何地點點頭。

我問：

「這到底是什麼呢？」

「在毛沼博士的臥室發現的。」

「咦？」

真是意外，除了意外，我沒有其他的想法。這時，我才察覺署長在完全沒讓我得知關鍵事項的情況下，對我做出種種質詢。我早已無力招架。

「請問毛沼博士是怎麼死的呢？」

「瓦斯中毒哦。暖爐的排氣管不明原因鬆脫了。房裡充滿瓦斯，直到今天早上八點才被發現。」

「是過失嗎？博士自己造成的？」

「大概是吧。房門由內部反鎖了。」

「說不定是博士把排氣管踢掉的吧？我離開的時候，排氣管還好好的。」

「沒錯。可以確定博士至少曾經起來一次。就是上鎖的時候吧。」

「直到八點才被人發現，是怎麼回事呢？」

「因為是假日嘛。而且前天夜裡鬧到很晚，大概睡得很沉吧。」

聽完說明後，我也覺得可能性相當高。最近也有一、兩位知名人士死於暖爐的瓦斯外洩。然而，我總覺得毛沼博士之死，有幾個不合理的地方。

「警方已經認定是過失致死了嗎？」

「是的。」

署長瞪著我，

「大致底定了。不過呢，畢竟是相當知名的人士，可得仔細一點。才會請你專程跑這一趟，不知道你方不方便順便到現場察看呢？我有一些現場的事想請教你，而且你們法醫比較了解，也許可以提供一些有用的忠告吧。」

「我不知道能不能提供什麼忠告，不過我願意同行。」

我們立刻搭車直奔毛沼博士的家。時間剛過十點，微弱的陽光從薄雲透出來，外面卻依然寒冷，灑在路面的水還是結凍的狀態。負責看守博士家的制服員警看似寒冷地縮著肩膀，看到署長後，立刻站直身子，恭恭敬敬地敬禮。

屍體仍然維持原狀，留在臥室裡。昨天夜裡還活蹦亂跳的博士，如今已經完全失去血色，半睜著眼，歪著嘴角，從棉被裡露出上半身，全身僵硬，沒了氣息。

我覺得有點可疑。

從屍體僵硬的情況看來，死後至少已經超過十個小時了。如此一來，博士應該死於半夜十二點過後，也就是在我們離開房間的一個半小時之後斷氣。假設我們離開房間後，博士立刻起身鎖上房門，即使是這時不小心讓暖氣的管子脫落，在他斷氣之前，瓦斯外洩的時間為一個半小時。僅僅一個半小時的瓦斯外洩，會讓一個健康的人死去嗎？

我環顧著房間。房間約十二張榻榻米寬，天花板也相當高。儘管現在窗戶全都打開了，假設全都關著，天花板的角落還有兩處以鐵絲網包覆的透氣孔。對於瓦斯的毒性，我沒有多少正確的知識，只是覺得若是在這個房間裡，從這條瓦斯管排放一個半小時的瓦斯，也許會導致昏迷、半死不活或是瀕臨死亡，至於會不會在這段期間內斷氣，我倒是有點懷疑。

看到我四處張望，署長立刻問：

「跟昨晚有什麼不同嗎？」

我回答：

「沒有。」

不過，受到署長這句話的啟發，我突然想起昨晚我感興趣的那本雜誌，看了一下書桌，我明明把雜誌擺整齊了，現在卻有點雜亂。

我心想：

（是不是博士半夜起來碰過？）

我湊過去，拿起最上面的雜誌，翻了幾頁，結果差點叫出來。最後我總算是忍住了，我偷偷瞄了署長一眼，幸好他蹲在地上，好像在調查什麼，完全沒注意到我這邊。

我為什麼這麼驚訝呢？昨晚，我送毛沼博士回到這裡，看了一下書桌上的雜誌，我感興趣的那本正是一直以來，我為笠神博士熱心尋找的雜誌。那是德國在一、兩年前出版的醫學雜誌，書裡刊載法醫學的珍貴參考資料，特殊的縊死屍體照片。不僅當時日本能取得的數量極少，雜誌在德國當地的發行冊數都很少，實在很難入手。昨晚我發現這本雜誌的時候，心想毛沼博士應該知道笠神博士很想要這本，而且這根本就不是毛沼博士的專業領域，送給笠神博士應該也沒什麼好可惜的吧，得手這本書卻偷偷藏起來，我對他的壞心眼感到有點憤慨，不過現在翻開一看，猜猜怎麼了？那張照片竟然被撕走了。而且好像撕得很急，胡亂撕去，甚至還留下照片的一小角。

（是毛沼博士撕走的嗎？）

博士在床上半睡半醒，得知我看到這本雜誌，待我離開房間後，立刻起身，急忙把它撕掉，是這樣嗎？博士是有可能做出這種事的人。不過，應該不用那麼急吧。是不是擔心我再度回到房間，把它拿走呢？既然如此，不需要把照片撕走，也有別的方法可以防犯吧。總不會是怕我在半夜過來偷走吧。我怎麼也想不通。如果可以的話，我真想翻找抽屜，好好找一找那張被撕走的照片，可是我應該沒有權力那麼做。

我悄悄把雜誌放回去。看了一下署長，他仍然蹲在地上，不知道在做什麼。我安靜地湊到一旁窺探。

署長一直在摩擦地上的厚地毯。仔細一看，厚重的地毯有一處直徑莫約一寸，已經變色的圓形。用手摩擦後，會發現它像燒焦一般碎裂了。可是只要看一眼就知道那並不是正常的燒焦痕跡。

也許是我來到旁邊，署長嘴裡唸唸有詞，突然站了起來。他走到房間角落的洗手台，打算洗手，轉開水龍頭後，發現完全沒有出水。

署長嘖了一聲。

「切，壞掉了嗎？」

這時，也許是聽到他的聲音，門外的婆婆說：

「今天早上太冷了，水結凍了。」

署長也沒有答謝，放棄洗手這件事，回到房間中央。

這時，一名刑警好像有什麼發現，手裡拿著西式信封，快步走進房裡。

「署長，我在書房的書桌抽屜找到這個。」

署長接過信封，取出裡面的方形紙片，說：

「怎麼又是德文？」

他望向我，

「喂，你再來看看。」

那是與方才看到的完全一樣的紙質、一樣的尺寸，同樣用圓體字型書寫。

我唸著唸著，臉色瞬間刷白。那張紙上，竟然用德文寫著這句話。

想起一九二二年四月二十四日吧。

啊啊，這不是我的出生年月日嗎？

「欸，你怎麼了？」

看到我不尋常的模樣，署長以盤問的口氣大叫。

「上面寫著『想起一九二二年四月二十四日吧』。那就是我出生的日子。」

「哦？」

署長用可疑的目光打量著我，

「其他什麼都沒寫嗎？」

「是的。」

方才，在警察署看到同樣的紙片時，我還摸不著頭緒，現在我已經清楚了解。這張紙片是某人寄給毛沼博士的恐嚇信。那張紙片只寫著想起二十二年前，

後來這張紙片則載明年月日。而且那是我的生日。前一張紙片加註的血型符號又是什麼意思呢？如果是在暗示我的事，那麼必須是

O×A → B

因為我是由O型的母親與B型的父親生下來的A型。

我已經搞不清楚了。不過，我可以確定一件事，那就是我已經捲入毛沼博士非自然死亡事件的漩渦裡！

三個疑點

接近正午，我好不容易獲得允許，可以回家了，我按著隱隱作痛的頭部，離開毛沼博士家。結果我立刻被在外面待命的報社記者團團圍住。

「你是誰？」

「毛沼博士是不是自殺？」

「博士是不是有什麼不可告人的女性關係？」

他們舔著鉛筆，紛紛抛出毫不客氣的問題。

我好不容易才擺脫他們，回到我的租屋處，記者也守在那裡。接下來，我又接二連三地接受各報社的記者採訪。最後，我差點放聲大哭。

到了兩點左右，我總算解脫了，不過我已經失去思考的能力。立刻鋪好棉被，鑽進被窩裡。儘管我的腦袋非常疲勞，卻怎麼也睡不著。我完全沒辦法好好思考。我的腦海中，不斷浮現從過去的經驗中，或是透過閱讀學到的一些讓人不舒服的恐怖事件。好不容易闔上眼，又立刻驚醒過來。在這樣的狀況下，迎向傍晚。

我在傍晚起床。我出門一趟，把所有晚報都買回家。相信大家都有經驗，凡是跟自己有一點關係的報章新聞，都會想要讀上一遍。更別說這是在我不太清楚的狀況之下，與我有重大關係的事件，我貪心地讀著這些報導。

與我有實際的關係，被警察署傳喚、偵訊，甚至看過現場，不過我完全沒接觸過的詳細內容，我反而是看了報紙才知道，儘管聽起來很諷刺，卻是事實，我也只能認了。

報紙的報導全都大同小異。我擷取並綜合其中的事實後，整理出以下毛沼博士的非自然死亡事件。

今天早上八點，毛沼博士在臥室的床上被人發現，已經成了冰冷的遺體。房裡充滿瓦斯，連接暖爐的螺旋管從瓦斯管脫落，導致瓦斯從瓦斯管猛烈噴出。屍體為死後七、八小時，完全沒有外傷，判定為瓦斯中毒。

前天夜裡，博士出席M高中校友的醫學系學生餐會，喝得非常醉，被一名學生送回家，十點半左右回家、就寢，不過他在床上睡著後，曾經起床反鎖房門，並留下明確的證據，不知道這時不小心踩到瓦斯管，導致管線脫落就入睡，才會發生這起慘案。

還有另一種說法，博士最近似乎收到恐嚇信，感到十分不安，隨身攜帶護身用的自動手槍，同時，在爛醉的同時依然不忘把房間鎖上，以及他還有餘力鎖門、踢翻暖爐，又沒發現瓦斯外洩，實在是有點可笑，當局則表示會再進一步調查。

經過現場的警察醫[3]勘驗，明確得知死因為瓦斯中毒，由於前述的原因，還是交付大學進行解剖。原本應該由法醫學的權威——笠神博士執刀，因故委由宮內副教授處理。

看了報紙之後，當局對於毛沼博士的死因似乎也抱著一抹疑惑。根據警察醫的研判毛沼博士已經死亡七、八小時，這是上午八點的診斷，所以可以確定博士死於前天夜裡的十二點前後，也就是我離開的兩個小時之內。儘管報紙完全沒提到這件事，不過這是我的第一大疑點。

第二，除了我以外沒人知道這件事，也就是那本雜誌被撕破的照片，如果不

譯註3 專門為警察服務的醫生。

是博士在我離開之後起身撕破，那麼一定有某人闖入。不過，他究竟是用什麼方法潛入的呢？房門從房裡上了鎖，只能推斷是在博士的許可之下進去的。又或者是在博士把門鎖上之前，悄悄潛進房間裡，撕破照片之後悄悄離開，博士這才驚醒，起床把門鎖上呢？就算是這樣，那是一張看了不太舒服的縊死照片，除了學術方面沒有任何價值，到底有誰想要那種照片呢！這樣看來，照片可能是毛沼博士自己撕破的吧。無論如何，照片的下落就成了相當重要的問題了。

第三是那封奇怪的恐嚇信。雖然寫著我的出生年月日，那是不是什麼偶然的巧合呢？如果是偶然的巧合，未免也太巧了吧，假使真的是巧合，究竟代表什麼呢？我愈想愈不明白了。

我突然想起一件事，拖出塞在書櫃深處的無機化學課本，查閱一氧化碳。我們使用的燃氣，乃是由煤氣及水煤氣混合而成，含有約一％的一氧化碳。由於一氧化碳含有劇烈毒性，所謂的瓦斯中毒，指的多半是一氧化碳中毒。

課本上一氧化碳的項目敘述如下：

一種無色無臭的氣體，毒性非常強烈。當空氣中含有十萬分之一的一氧化碳時，呼吸者就會出現中毒的徵兆，含量為八百分之一時會在三十分鐘內致死，含量一％則會在短短兩分鐘內致死。人體吸收一氧化碳之後，將與血液中的血紅素結合，致使血紅素喪失機能（輸送氧氣）。

我取出鉛筆與紙，大致計算了一下。毛沼博士的臥室大約十二張榻榻米大小，所以是十二尺乘以十八尺，假設天花板的高度為十尺，房間的容積約為兩千百立方尺。雖然我不清楚瓦斯暖爐的排氣量，就我的經驗來說，那種款式一分鐘不會超過五公升。所以一個小時為三百公升，約十立方尺。假設毛沼博士死於半夜一點，排氣的時間最多兩個半小時，為二十五立方尺。假設瓦斯的一氧化碳含量為八％，還不到兩千百立方尺的〇．一％。我敢肯定，如果要在兩個半小後達到最高濃度，這時應該還不會致死。更何況如今還尚未釐清博士斷氣的時間，在解剖結果出來以前，要下結論還太早了，不過，由此看來，博士的死亡的確幾分可疑。

話說回來，我也想不出其他導致博士死亡的原因。他身上沒有外傷，如果確實死於一氧化碳中毒，看來也只有瓦斯中毒這個死因了。

我再次感到頭痛欲裂。我扔掉鉛筆跟紙，躺在榻榻米上打滾。

撕破的照片

第二天，我抱著一股悔恨的心情去上學了。我當然沒做過什麼虧心事，跟大家見面卻讓我不太愉快。大家熱烈地討論毛沼博士之死。雖然不像報社記者的程度，倒也是有不少人毫不客氣地提問。這一天是笠神博士的課，剛開始老師哀悼了毛沼博士的不幸死亡，隨後立刻一如往常地授課。後來班上有一個同學問：

「老師，毛沼博士的死因是瓦斯中毒嗎？」

笠神博士狠狠瞪了那個學生一眼，

「大概是吧。為了確認實際的死因，我奉命進行解剖，不過我有點顧慮，所以請宮內處理了。剛才我問了他結果，確定是一氧化碳中毒無誤。」

雖然老師總是很嚴謹，不過他今天比以往更加嚴謹，魯莽的學生也不敢再亂發問了，默默結束這個話題。我原本打算詢問斷氣的時間，後來又轉念一想，這件事不一定要在課堂上發問，所以沒有開口。

老師開始上課了。不知道是不是我的錯覺，總覺得老師的精神比往常差了一點。我心想，也許是因為同事的不幸身亡，讓他心痛不已吧。

下課後，我去了老師的教室。

「毛沼老師出大事了啊。」

「對啊，事情可嚴重了。好像也給你添了不少麻煩。」

「沒什麼，那都是小事。老師，我認為毛沼博士應該死於十二點前後，事實上是如何呢？」

「根據宮內的鑑定，死亡時間在十一點到一點之間。」

「十一點？距離我離開，還不到三十分鐘耶。」

「推定死亡時間無法指定某個精準的時間，所以通常都有一段比較長的期間。應該比較接近一點吧。」

「假設是一點，也是我見了老師最後一面的兩個半小時後，在這段期間排放的瓦斯量能夠導致中毒死亡嗎？」

「可以吧。」

說著，老師停頓了一下，思考著，

「至少可以讓他進入假死狀態。」

「這樣一來，真正的死亡應該在那之後吧。」

「嗯，沒錯。」

「那麼死亡時間……」

我話才說到一半，老師輕率地打斷我，

「這是一個困難的問題。尤其是瓦斯中毒，難度又更高了。」

「這樣啊？」

我覺得有點奇怪，不過既然法醫學的權威都這麼說了，也只能乖乖認同。

「對了，」

老師用別有深意的眼神直盯著我，

「我有點事要跟你說，今天方便來我家一趟嗎？」

「好的，我會登門拜訪。」

雖然不知道是什麼事，我立刻就答應了。去老師家，聽他說各種話題，是我當時最快樂的事情了。

當天晚報只寫了幾行毛沼博士的報導。解剖屍體的結果，判定死於一氧化碳中毒，根據前後的情況，當局定調為過失造成瓦斯中毒。

夜裡，我拜訪笠神博士。博士非常高興地迎接我，一如往常地在書房裡跟我聊了各種有意義的話題，不過完全沒提及任何關於今天白天別有用心提起的那件

「事」。不曉得是不是我的錯覺，老師好像偶爾想要打開話匣子，立刻又把話題轉回學術方面。前後差不多有兩、三次，不過老師終究什麼都沒說。事後回想起來，這時，老師應該想跟我說一些更重要的事。他怎麼也開不了口，只能悄悄嘆一口氣，繼續其他學術的話題。要是我能早一點發現，積極主動發問，把事情問清楚，因為我的懵懵懂懂，沒能阻止連續發生的悲劇，實在是太遺憾了。

毛沼博士的告別式由笠神博士擔任治喪主委，盛大地舉行。畢竟老師相當擅於交際，朋友遍及社會的各個層面，與會者就超過兩千人，光是知名人士就有數百人。然而，一切宛如仙女棒一般，告別式結束之後，無妻無子的老師身後，宛如字面描述，就像熄滅的火焰，十分淒涼。雖然他是一個海派的人，過世之後卻沒幾個為他哀傷的朋友。

過了一、兩週，大多數的人早已將毛沼博士遺忘。如果有人問起毛沼博士，大概會聽到這樣的回答吧。「蛤？毛沼博士？對了，曾經有過這一號人物。」如果有人記得毛沼博士之死，我想大概只剩下我一個人了吧。

埋藏在我心裡的三個疑點，並未隨著時間的經過而消失。尤其是恐嚇信上的字句，更是隨著時間經過，在我的腦海之中益發鮮明了起來。想起二十二年前吧。然後是我的出生年月日！我怎麼也不認為這件事與我毫無瓜葛。

不過，要是我沒有遭遇以下的事件，我想我也會跟世上的一般人一樣，慢慢遺忘毛沼博士吧。然而，命運並不允許我這麼做。我似乎必須受到更多痛苦的折磨。

我想大概是毛沼博士死後半個月吧。我一如往常地造訪笠神博士家。前面也提到，每回我的拜訪都能讓我們兩人的親密程度迅速增溫。更像是老師積極地向我示好。隨著我們的關係愈來愈密切，我自然也認同老師慈愛、正直等各種優點，加深了我的敬愛之情，最後，我總算明白，與其說是指導，老師更像是把我當成親人，而且擔心我的離去，委屈著自己來討好我。自從毛沼博士死後，情況更是逐漸升級，宛如對待情人的態度了。我心裡甚至覺得有點噁心。

那一天也一如既往，我們聊了很多話題，最後還承蒙老師招待晚餐……，這時，夫人也在一起。這也是一件不可思議的事，老師對夫人的冷淡，已經到了成為眾人八卦話題的地步，不過這陣子他的態度逐漸改變了，對夫人非常溫柔、親切。這件事也發生在毛沼博士死後，他的態度急轉直下，雖然還不至於說話讚美夫人，對待夫人的態度卻比一般的老公誠懇多了。夫人對此感到欣喜，同時對這過於激烈的變化，抱著幾分畏懼。一直以來，兩人從來不曾一起吃飯，這時卻跟我在一起，三個人愉悅地共進晚餐，……餐後，夫人回到廚房收拾，老師也暫時離席，我漫不經心地拿起老師放在桌上的著作，隨意翻著，這時有個東西從書裡飄落到榻榻米上。

我立刻把它撿起來，仔細一瞧，那是老師一直求之不得的雜誌照片。我不知道他什麼時候入手這張照片，一直盯著瞧，我突然神色大變。照片可不是缺了一角嗎？截角也呈不規則的鋸齒狀。可以明顯看出它並不是用剪刀剪下來的，而是用手撕的。同時，我對那欠缺的一角印象深刻。毛沼博士家的那本雜誌上，應該還留著那欠缺的一角才對。如果把這張照片跟那本雜誌殘留的角落放在一起，肯定能完美地拼在一起。

實在是太意外了，我只能茫然地盯著那張照片。後來，老師不知道什麼時候回來了，我渾然不覺老師一直站在我的背後。

我猛然回頭，發現老師一臉蒼白，站在原地，似乎也嚇了一跳，若無其事地說：

「啊，我忘記告訴你了，我已經找到那張照片了。」

他又坐回原來的座位，我可沒錯過老師聲音沙啞的異狀。我也不動聲色地回答：

「這樣啊。我也努力找了很久，怎麼也找不到呢。」

「我常去的舊書店幫我找到的。有人想要其他的內容，所以我說我只要照片就好了，就把它賣掉了。」

我很清楚博士在說謊。如果舊書店帶了雜誌來，老師取下照片，可不會是這麼粗魯的撕法。既然要說謊的話，倒不如一開始就說舊書店只帶了照片過來，還比較合理。博士平常就是個正直的人，一時之間也編不出合理的謊言。

博士又繼續辯解。

「我之前拜託你幫忙找，照理說應該跟你說聲我找到了。不過我不小心忘記了，不好意思。」

「您別放在心上。」

我按照先前的方式，把照片夾在書裡，放回桌上，立刻轉移話題。此舉似乎正中老師的下懷，我們再也沒聊到照片的事。

我再也沒辦法阻止自己心裡黑暗的想像。我努力瞞著老師，匆忙準備回家。

是誰偷走的？

發現照片這件事，成為我心裡極為沉重的負擔。

笠神博士家的照片，是從毛沼博士臥室的雜誌裡撕走的，這是無庸置疑的事實。那本雜誌的發行數量非常少，笠神博士跟我用盡各種手段，都沒辦法入手。如果笠神博士手邊的照片是完整的版本，那倒是沒什麼問題，不過那張照片缺了一角，而且清楚留著粗魯撕下的痕跡。如果還有另一本雜誌，胡亂從書上把照片撕下來，正好留下同樣的角落，有那本雜誌就沒什麼問題了，不過那是不可能的。首先，那本雜誌的發行量非常少，而且照片非常珍貴，在一般的情況下，沒有人會用這麼粗魯的方式撕下來吧。假如撕下來了，也會把剩下的截角剪下來，再把它黏在一起，湊成完整的照片吧。

那張照片肯定是從毛沼博士臥室裡的雜誌上撕下來的，問題來了，到底是誰做的呢？如果是完全無關的第三者做的，再流到笠神博士的手裡，博士完全不需要對它的來歷說謊。八成會在入手那天，就笑眯眯地對我說：

「你看，我終於找到那張照片了。」

博士瞞著我獲得照片的事，直到我偶然發現，才對我說謊，由此可見，博士取得照片的手段，只有以下兩種可能了。也就是：

一、博士親自採用不正當的手段，取得照片。

二、第三者利用不正當的手段取得照片，博士清楚內情，仍然購買。

不管是一還是二，某個人都曾經在毛沼博士瓦斯中毒致死的夜晚，待我離開房間之後，潛進房間裡，偷走了照片。

假設是第三者做的，那麼又會有以下兩種可能性。也就是：

一、在博士的委託之下潛入竊取。

二、為了其他的目的潛入，偶然發現照片，坦白事情經過，賣給博士。

我想要否定狀況一。這是因為笠神博士完全不知道毛沼博士那裡有他想要的雜誌。如果他知道這件事，應該會向我提起。假如他知這件事，只要博士想要，應該會直接拜託毛沼博士吧。我完全沒聽說這件事。假如毛沼博士拒絕了，笠神博士絕對不是那種會找人去偷的人。儘管照片非常珍貴，也不值得他冒這種風險。

如果是狀況二，表示笠神博士知道背後有不正當的手段，仍然購買，這點也值得懷疑。在狀況一已經提到，不值得他冒這種險。如果他是在不知情的狀況下購買，在我發現的時候，他應該會立刻對我說：

「啊，那是誰誰誰拿來給我的。」或是「我跟誰誰誰買的。」

想了一輪，我認為一、二都不可能。

所以又要再回到前面，表示「第三者取得再交給博士」的觀點並不成立，最後當然會得到「博士親自取得」的結論。

我回想起博士當天夜晚的行動。笠神博士比毛沼博士先一步離開。問題就在於他有沒有直接回家。

假如笠神博士為了某個目的，提早離開會場，先繞到毛沼博士家。毛沼博士喝得醉茫茫，倒在玄關，在婆婆、女傭和我三個人的一場手忙腳亂之下，把他扛進臥室，在這段期間裡，玄關的門一直開著，偷偷潛進來，躲在某個房間裡，應該不是什麼困難的事。

我回家後，婆婆與女傭收拾毛沼博士脫掉的衣物，趁著兩人叨念的時候，笠神博士可以悄悄潛進臥室裡。接著從雜誌撕下照片，走出房間後再躡手躡腳地走到屋外。婆婆跟女傭完全不會發現。後來毛沼博士可能醒過來，鎖上房門，又躺回去睡。以上的事情十分可行，也很合理。

不過，我要再強調一次。我非常清楚，假設笠神博士潛進毛沼博士的臥室裡，目的也不會是那一張照片。我認為笠神博士並不知道毛沼博士手上有那張照片，就算知道了，也不值得為那張照片冒這麼大的風險。

笠神博士的目的到底是什麼呢？

這時，我不禁毛骨悚然。我完全不曉得笠神博士必須殺死毛沼博士的原因，如果笠神博士潛進毛沼博士的臥室，那場深夜的冒險不就是為了殺害毛沼博士嗎？

他偷偷潛入臥室，卸下排氣管，再逃出來……這是有可能的。

不過，這樣一來，又該怎麼說明房裡反鎖的事實呢？毛沼博士醒過來上鎖，這時應該會聽見咻咻的洩氣聲，還會發現瓦斯外洩的惡臭味吧。我想有辦法完成上鎖這件事的人，不可能沒發現瓦斯的猛烈外洩。還有另一種可能性，上鎖的時候踹開排氣管，沒發現瓦斯外洩就睡著了，同樣也不太可能。喝個爛醉昏迷時，因知覺神經麻痺，對於輕微的刺激可能沒什麼感覺。在這種情況下，毛沼博士獨自回到臥室，在不知情的狀況下踹倒暖爐，卸下橡膠管，就這樣鑽進被窩裡，倒也不是完全不可能。

不過，睡了一定的時間後，假設他睡了三十分至一小時，即使是這麼短的時間，知覺神經麻痺都會恢復。倒不如說，知覺神經麻痺恢復後，也許會讓他醒過來。毛沼博士先躺在床上，睜開眼睛，這時醉意應該消退得差不多了，不可能沒發現他踹開排氣管或瓦斯外洩。況且博士沒喝到爛醉如泥。他還有精神脫掉外衣，換上睡衣，也對我說：「你可以回去了。」所以沒喝到不省人事的地步。首

想到這個疑惑，使我不得不悲嘆，那到底是多麼執著，又是多麼命中注定呢。假設笠神博士實際潛入毛沼博士的臥室好了，就算我知道他抱著十分可怕的目的，我也沒有半點告發笠神博士的念頭。假設我在現場碰到博士，我甚至還會替他頂罪。儘管如此，我仍然無法消除我心裡的疑惑。我很想知道事實。我想盡辦法得知笠神博士的秘密。我想知道博士潛入毛沼博士臥室的理由，還有那封奇怪的恐嚇信的秘密。

我甚至絲毫不曾懷疑，那封信是笠神博士寄給毛沼博士的。不管是用德文書寫也好，寫著暗示血型的符號也好，還有笠神博士持有毛沼博士臥室遺失的照片也好，我想除了笠神博士之外，沒有人會寄那種恐嚇信。

兩位博士之間，肯定有什麼秘密。我猜測那大概是出於他們與夫人的三角關係吧。儘管三角關係已經是二十幾年前的事了，表面上看似早就已經畫下句點，

譯註4 希臘文的「發現了」，據說阿基米德發現浮力原理時，曾大喊這句話。

我想肯定還有一些芥蒂吧。

疑惑還真可怕！我愈是拚了命的努力想要忘掉，反而愈來愈在意這件事了。如今，我分分秒秒都一直想著這件事。我甚至想，再這樣下去我可能要生病了。

我心想，如果我現在不能用自己的力量，解開這個可怕的疑惑，那麼我勢必會焦慮不安，無心做其他的事。

打探我敬愛的笠神博士的秘密，光想就不怎麼愉快了，我卻無法控制自己。我極度害怕被博士發現，只能若無其事地詢問博士，或是與夫人聊各種話題。此外，我也去找了應該知道博士往事的人，旁敲側擊一番。然而，我幾乎一無所獲。

我依然努力地想解開毛沼博士非自然死亡那天夜裡的秘密。最難解的部分，在於臥室的門從內側鎖上了。光是報紙的報導，自然無法讓我心滿意足。我經常跟毛沼博士家的婆婆見面，確認事情的真實性。據婆婆確切的證詞，房門確實從內側鎖上了。窗子自然也是從內側鎖上的。而且鑰匙還插在門鎖上。我想起推理小說的詭計。對於從外側鎖上內側的門鎖一事，外國的推理小說作者曾經絞盡腦汁，想了兩、三個方案。不過，那些方案根本不切實際，針對我所記得的毛沼博士的房門，我更加詳細地聽了婆婆的說明，完全不符合那些作家提出的方案。毛沼博士在緊閉的密室中死亡，是不容忽視的事實。怪不得警察當局也判斷是瓦斯外洩導致的過失死亡。

然而，排氣管是怎麼鬆脫的呢？毛沼博士為什麼沒發現呢？還有，唉，那張可恨的照片為什麼在笠神博士的手上呢？

再這樣下去，我一定會發瘋或是自殺吧。幸運的是，我發現一個細節，讓我倖免於難。

那是我發現照片的五天後，也就是事件發生的二十天後。我回到宿舍，那時我的腳特別髒，所以沒走正門，而是從廚房那邊進門。那時，我看見一個通稱瓦斯表的瓦斯量表。那是一個漆成紅色的箱型乾式計量器，上面有一個大旋塞。只要鎖上旋塞，就能停止各個房間的瓦斯。由於我的宿舍並未使用瓦斯暖爐，房東太太總是不厭其煩地告訴女傭，每天晚上睡前一定要把旋塞鎖緊。如此一來，就不會不小心造成瓦斯外洩，可以放心睡覺了。

不過，如果整晚都要使用暖爐的話，可不能鎖上瓦斯表的旋塞了。如果鎖上了，暖爐會立刻熄滅。

想到這裡，我跳了起來。我曾經聽過阿基米德奉命鑑定黃金王冠的真偽，正當他邊想邊泡澡的時候，看到外溢的熱水，得到靈感，大叫著：「尤里卡！尤里卡！」，從熱水裡跳出來的故事，現在的我就是處於「尤里卡」的狀態。

假如在暖爐還開著的時候，關上瓦斯表的旋塞，火不就熄了嗎？接下來再次打開，瓦斯不就會大量噴出來嗎？這是很簡單的道理。

笠神博士——不一定是他。某個人趁我、婆婆她們在毛沼博士臥室的期間，悄悄潛進屋子裡，屏氣安靜地等待。接下來他進入臥室。然後他鬆開排氣管，這時當然沒有發生瓦斯外洩的情形。毛沼博士可能因某種原因醒來，起身鎖上房門。這時暖爐並未點燃，瓦斯也沒有外洩，所以博士完全沒察覺異狀，又回到床上躺下。等到博士再度入睡，某個人將廚房瓦斯表的旋塞再次打開。如此一來，臥室裡的瓦斯不就會大量外洩了嗎？

在以上的說明中，我認為還有一些不足之處，某個人為什麼能預測或得知博士有餘力起床鎖門呢？睡回籠覺的博士，為什麼不會發現接下來的瓦斯外洩呢？還有更早以前的重大疑問，為什麼博士在不到兩小時的時間內死亡呢？把這個事實跟剛才後半段的疑問結合後，我認為毛沼博士躺回去睡回籠覺不久就死亡了，某人事後再開啟瓦斯表的旋塞。不管瓦斯是否會發出咻咻的聲音，在他已經死亡的情況下，自然不會發現這個聲音。

是什麼導致博士死亡呢？這個道理很簡單。權威人士已經確切證明了，博士死於一氧化碳中毒。所以他肯定死於一氧化碳引起的中毒。然而，博士死亡的時候，瓦斯可能還沒開始外洩，就算已經外洩了，瓦斯總量的一氧化碳含量，也遠不及致死量。由此看來，誠如二減一等於一，一氧化碳是用別的方式送進去的，就成了極為明白的道理。

毛沼博士死於成功將一氧化碳送進密室之中。瓦斯暖爐的管線鬆脫、瓦斯外洩，只是讓人誤以為博士死於燃料瓦斯中的一氧化碳的詭計。

然而，要怎麼將劇毒氣體一氧化碳送進房裡呢？這時我又有另一個重大的發現。這是當時在我腦海瞬間浮現的內容，這個事實在適量的時間點，在我的腦海中閃現。

合成一氧化碳並不是什麼難事。不過，合成時需要儀器，需要像硫酸那樣的危險藥品，還必須經過加熱的步驟。要潛進別人家裡合成，可不是一件容易的事。假如帶著這些儀器或藥物潛進來，要送進密閉的房間也是一項困難的任務。由於少量就有效果，必須儘可能將它送到犧牲者的附近，最好是鼻子一帶，不過這時需要從室外伸入橡膠管。即便是潛入天花板內部，通風口又覆著一層細鐵絲網，根本沒有空間垂落橡膠管。再說它是比空氣更輕的氣體，由上方送入的效果不佳。

一般來說，瓦斯會以壓縮的方式，置於俗稱氣瓶或燃料瓶的鐵製加壓容器之中，加壓之後即可從室外送進室內，就算是用這種方式，在無法將管線拉進室內的情況下，仍然無法順利達成目的。再加上容器都是以厚重的鐵質製成，十分沉重，要獨自攜帶，潛進別人家，是不可能的任務。

剩下的是液化瓦斯了。只要將它放在杜耳瓶，也就是俗稱的保溫瓶裡，攜帶就很方便了。如果是採用這種方式，從天花板的通風口滴落，待液體落在地板，甚至是還沒落下時就已經氣化，即可充分達成目的了。

由於一氧化碳只能在極低溫的情況下進行液化，有別於（臨界溫度零下一三九度，沸點零下一九〇度。）二氧化碳，十分罕見。二氧化碳，也就是俗稱的碳酸瓦斯，這種氣體很容易液化，（臨界溫度三十一度，昇華點零下七十九度。）虹吸家用氣泡水機，使用的是比大拇指還小的液狀氣瓶。然而，一氧化碳倒也不是無法液化。由於只要空氣中含有一％，就會使人在兩分鐘以內死亡，如果是高純度的液體，幾乎都是當場致死。

至於我為什麼會著眼於液化一氧化碳呢？事件發生時，我曾與警察署長一同前往現場，署長與我在現場床鋪附近的地毯上，發現了直徑約一寸左右的碎裂孔。那個孔乍看之下像是燒焦的痕跡，卻非如此。看過液態空氣實驗的人都知道，液態空氣的溫度極低，將會迅速奪走與之接觸者的熱能，要是與皮膚接觸，可能會形成類似燙傷的現象，也會讓橡膠球變得跟陶器一樣堅硬，輕輕一敲就粉碎一地。

液化一氧化碳的低溫程度與液態空氣相去無幾，假如滴在地毯上，該處一定會碎裂破損。當時的我完全沒發現，不過碎裂的地方就在床鋪靠近頭部的一帶，儘管不在天花板角落的通風口正下方，距離也相當接近了。

還有另一點，當天洗手台的水結凍了，那天清晨也是東京地方罕見的寒冷天氣，所以婆婆認為因此結冰了，每個人都能認同她的說法，不過仔細想想，那時候已經十點了，氣溫早就升高不少，當時的水依然凍結，算是一件怪事了。洗手台就在床鋪的延長線上，通風口開在床頭正上方與洗手台的中間，當極低溫的液化瓦斯氣化時，將會猛烈奪走周圍的熱能，才會導致水凍結吧。這時，由於凍結的範圍相當廣，為了釋放潛熱，可以推測不容易恢復原本的狀態。

儘管以上的說明並不完全，我想已經可以得知犯罪的手法了。

不過，犯人是誰呢？犯案的動機？恐嚇信的意義？犯人潛入臥室之後，又採取什麼行動，讓被害者主動起身鎖門呢？這些事情都尚未釐清。解決的只有極小部分，謎底怎麼也解不完。

我依然陷入痛苦的狀態之中！

笠神博士的遺書

當我發現前述的事實後，我又痛苦了一個星期。後來，笠神夫妻突如其來的自殺，讓這項難以言喻的恐怖事實畫下句點！

聽到這個消息時，我幾乎陷入暫時昏迷的狀態。

笠神博士的遺書有兩封，一封向大眾公開，一封則是給我的。公開的那一封寫著夫妻因故自殺，遺產全都轉讓給我，希望由我代為處理葬禮及其他身後事。

給我的那封則是禁止在一年之內公開，如同故事開頭的敘述，我看了遺書後，甚至想要立刻追隨博士夫妻的腳步自殺。不過我還是忍住了，我為逝去的博士夫妻迴向，度過痛苦的一年。現在，我即將發表遺書的內容。發表這封遺書之後，不知道會對社會造成多大的影響呢。我大概會再度被記者包圍吧？我的雙親又會做何感想呢？我感到十分害怕。我公開以下博士的遺書之後，隨著這個故事畫下句點，我打算不告而別，悄悄動身到某處旅行。不過，我應該會謹守博士的教誨，絕對不會自殺。

給鵜澤憲一

與你交往的時間雖然非常短暫，能夠與你發自內心地深交，對我來說是非常幸福的事。關於這一點，我深深感謝神明。接下來，我因為以下的理由，將與妻子動身前往另一個世界。你一定會很傷心吧。不知道你會多麼傷心呢？這是我最擔心的事了。不過，你是前途大有可為的青年，請你自覺，你對你的雙親、對我們夫妻、對國家、對社會，都肩負重大的責任。我們夫妻因為可恨的命運，不得不立刻走向死亡之路，不過，你依然活著在這個世上，是我們赴死之時的唯一慰藉，也是唯一的希望。千萬拜託你了。你千萬別衝動。這是我們夫妻的請求。請你務必堅守這件事。請你成為偉大的人，憑弔我們夫妻，這件事足以勝過讀數萬卷聖僧經書。

好了，該從哪裡說起呢？我想你應該知道我與毛沼博士不可思議的因緣吧。我們兩人在附近出生，大學畢業後成為教授之前，走的是完全一樣的路。成為各方面的競爭對手，不久成為導致雙方毀滅的原因。不過，這是我們的宿命，事到如今，後悔也於事無補。

大學畢業之後，我們周旋於一位女性之間，為了戀情，必須拼個你死我活。我想你也知道，那位女性就是我的妻子。

你也很清楚，毛沼博士個性爽朗，擅於交際，口才又很好。在各個方面，我跟毛沼博士正好相反。請你了解，我在戀愛競爭上，處於非常不利的位置。一時之間，妻子也曾經被毛沼博士迷惑了。在妻子的處女時期，她跟毛沼博士是親密的朋友，自由地交往過一段時期。我只能羨慕、嫉妒得渾身發抖，只能在遠處旁觀。不久，她領悟毛沼博士並不像他表面呈現的人格。毛沼博士是一名陰險、卑劣又無比自私的人。她好不容易逃離他的身邊，再也不肯接近毛沼博士。後來，我們很快就舉行婚禮。

毛沼博士表面上祝賀我們結婚，也致贈禮物，還在婚禮發表祝賀詞。當時完全沒想到他竟然會是那麼恐怖的壞人，我認為我們之間已經沒有芥蒂了，不過那只是過於天真的想法。毛沼博士在我們背後投注他執著而銳利視線，窺伺著復仇的機會。

我們做夢也想不到這件事，過得非常幸福。妻子立刻懷孕了，婚後不到一年，我們成了一個可愛男孩的父母親。

還不到三年，不幸降臨到我們身上。如你所知，我當時開始研究血型。正如你曾經的嘗試，我也調查了我本人、妻子與孩子的血型。然而，我本人是A型，妻子是O型，孩子卻是B型。我驗了很多次，結果都是一樣。

在學術上，A型與O型絕對不會生出B型。如果有例外的話，表示所有血型的研究都沒有價值，只能重頭再來一遍。在忠貞賢淑這一點，我的妻子勝過其他女性，我完全不曾懷疑妻子。然而，科學上並不容許我這個父親與妻子這個母親生下B型的孩子。

我是一名可悲的科學家。我沒辦法用妻子表面的忠貞賢淑，來顛覆科學的理論。儘管血型的研究尚未完全，還不能說擁有絕對的權威，但是兩相比較之下，妻子的忠貞賢淑並不是絕對的。例如妻子的處女時代，或是我不在家、外出的時候，這種種情況都比不上科學的絕對可信度，也是不言而喻的真理。

我萬分苦惱。該相信科學呢？還是相信妻子呢？我日漸憂鬱，我本來就是一個沉默寡言的人，如今更是一言不發。我該做的只有一件事。那就是更進一步研究血型。如果研究結果可以顛覆既有的定理，同時也能消極地證明妻子的忠貞。我必須打破既有的定論，不然只能在妻子身上烙下不貞的印記。處女時代與毛沼博士的深入交往，從危難中逃過一劫，來得太早的懷孕，還有，唉，毛沼博士的血型是B型。

不管我多麼努力，仍然無法避免自己對妻子日益冷淡的態度。我就像是一匹瘋狂的馬，只顧著埋首於研究之中。我自然不曾向妻子提過關於血型的隻字片語。對於我的冰冷態度，妻子應該理解為這是我原本的個性，以及熱心研究。有別於我的冰冷態度，她反而對我愈來愈忠貞賢淑了。唉，在我證明妻子的貞節之前，我甚至不想再有第二個孩子。

不知是幸運還是不幸，生下來的孩子在十一歲時過世了。我為了那不幸的孩子，留下潸潸的淚水。可憐的孩子，完全沒感受過父愛，就這樣寂寞地死去了。真是可憐的孩子。

我的研究有了進展。不過，卻全都是一些足以否定妻子貞節的材料。唉，在二十年的漫漫長日之中，我們是一對不是夫妻的夫妻，被老公冷眼對待、懷疑，仍然忠貞不二的妻子，怎麼會有這麼可憐的女人呢？不過，我又何嘗不是可憐的老公呢？

就這樣，我們還必須共度十個年頭或是二十個年頭，然而，老天爺對我們並不是永遠這麼無情。我認為你出現在我的學生之中，絕對不是偶然。如果只是偶然，我想你應該會跟其他學生一樣，絕對不會接近我吧。而且你還開始研究血型，想要判定自己、父母及手足的血型，不是嗎？一切都是天意。絕對不是偶然。

唉，我絕對不會忘記。第一件讓我驚訝的事，是聽你說你測了血型，令尊是B型，令堂是O型，你本人則是A型這件事。為了保險起見，我也自己測了一次，結果還是一樣。

後來又有另一件事讓我驚訝，那就是聽說你在K醫院的產房出世。後來，我又調查了你的出生年月日，我更加驚訝，當時差點就要發瘋了。

寫到這裡，我想你早就察覺了吧。我死去的孩子同樣在K醫院的產房出生。而且出生年月日跟你是同一天。我死去的孩子跟你，在同一天、同一個地點誕生。

除了性別之外，剛出生的嬰兒並沒有顯著的特徵。我們無法肯定醫院產房的人員，會不會因為不小心或誤會，把孩子抱錯了。因此，醫院會用線在衣服上做記號，或是寫上號碼。由於新生兒的指紋不容易辨識，美國大城市的婦產科為了避免認錯，都會利用採集腳印的方法。因此，即使在K醫院，都不會輕易抱錯剛出生的小孩。我認為這並不是不小心或是過失。不過他們卻無法防止有心人故意掉包。

是誰故意掉包我們的小孩呢？不用多說，自然是毛沼博士了。怎麼會用這麼殘酷無情的方法報仇呢？

聽了你的血型之後，得知你在K醫院出生與你的出生年月日，我在我的能力範圍之中，進行詳細的調查。結果得知那確實是毛沼博士可恨的奸計。K醫院的產房就在整形外科手術室的正前方。我得知當時毛沼博士的朋友是整形外科醫師，他想了法子拜託對方，在妻子生產的前一天夜裡，讓他可以自由進出整形外科。只要讓我們死去的孩子跟你都維持原本的狀態，最後的結果跟學術上的結論毫無矛盾吧。

因為找不到報仇的手段，才會採取這麼缺德又敗壞綱紀的方法吧。他這一招不知讓我們夫妻受了多少苦。這痛苦說不定還得持續到死為止。除了死亡之外，還有什麼更適合他的下場呢？

然而，輕易殺死他可就沒有意義了。必須讓他充分理解，為什麼要致他於死地。我寫了一封信給他，好讓他想起我們的孩子出生的時候，有暗示血型的符號。這件事確實發揮了效果。他十分動搖，隨身帶著護身用的手槍，還會鎖上房門。他的沉默間接承認自己的殘酷行逕。

一天夜裡，我潛進他家，等你回家後，我才潛入他的房間，在瓦斯暖爐動手腳。當時，我正好看到桌上的雜誌，撕下裡面的照片實在是我想得不夠周延。因而導致後來被你懷疑的結果。

在暖爐動完手腳之後，我慢慢地搖醒毛沼。他醒過來，嚇了一跳，慌慌張張地正想要舉起手槍，我按住他的手，責備他那一天的奸計，宣稱我將會在近期復仇，趁他四處張望的時候，我很快就離開房間。一如我的預期，他並未大聲呼喊家人，而是立刻跳下床，把門從房裡反鎖。此舉正中我的下懷。待他再次躺回床上之後，我用某個方法送進毒氣，從暖爐放出燃料瓦斯。我不想寫下詳細的殺害手法。請你自行推測吧。我的詭計成功了。除了你之外，沒有任何人疑懷他的死因。於是他死於過失導致的瓦斯中毒。

剛開始，想到毛沼博士私下用那麼卑劣的方法讓我們痛苦，我本來打算暗中復仇，再裝成若無其事。不過，我還是過不了良心這一關。而且我非常害怕，怕事情被你發現。我還是決定自裁。薄命的妻子聽完我的話，也說要跟我共赴黃泉。最後我同意了。

我們夫妻有一個心願，希望能在生前告訴你，你是我們真正的孩子。好幾次話都已經說到嘴邊，最後還是沒能說出口。因為我們對於有緣成為我們孩子的那個人，太冷淡了。而且我們還讓他迎向死亡的結局。事到如今才說你是我們的孩子，對你的父母實在是太過分了。你的父母把你當成他們真正的孩子，用滿滿的愛把你扶養成人。就我看來，你的長相跟父母、弟妹一點也不像。儘管如此，他們還是毫不懷疑地呵護著你。跟我的懷疑、煩惱，完全不一樣。對於死去孩子的冷酷無情，讓我沒臉面對你的父母。此外，我也沒有勇氣大聲說出你是我們的孩子。

永別了，請你千萬別忘記開頭的請求。當個偉大又正派的人，幸福地活著吧。

笠神靜郎

作者簡介

甲賀三郎（こうが　さぶろう，一八九三—一九四五）

小說家、推理作家、戲曲作家，本名春田能為，出生於日本滋賀縣。一九一五年進入東京帝國大學工學部化學科就讀，並於一九一八年畢業。一九二〇年任職於農商務省的臨時氮研究所，從事氮肥的研究，同事中有後來成為推理作家的大下宇陀兒，並且也在此時認識了尚未成為作家的江戶川亂步。後來，甲賀認為自己不適合公務員生活，傾心於柯南・道爾的作品，並開始創作推理小說。一九二四年於《新青年》

發表〈琥珀的煙斗〉。一九二六年創作〈鎳製文鎮〉、〈惡作劇〉、〈性急的惣太的經驗〉、〈特快車十三小時〉等二十篇短篇本格派推理小說。一九二七年開始於《讀賣新聞》連載長篇作品〈支倉事件〉，作品內容取材自真實事件。生涯創作量豐富，多運用自身理工知識來創作。

血型殺人事件
O×A→B?
甲賀三郎推理小說選集

書　　名　血型殺人事件
——「O × A→B ?」
甲賀三郎推理小說選集
作　　者　甲賀三郎
譯　　者　侯詠馨
策　　劃　好室書品
選文顧問　林斯諺
特約編輯　霍爾
封面設計　吳倚菁
內頁排版　洪志杰

發 行 人　程顯灝
總 編 輯　盧美娜
美術編輯　博威廣告
製作設計　國義傳播
發 行 部　侯莉莉
印　　務　許丁財
法律顧問　樸泰國際法律事務所許家華律師

藝文空間　三友藝文複合空間
地　　址　106 台北市安和路 2 段 213 號 9 樓
電　　話　(02)2377-1163

出 版 者　四塊玉文創有限公司
地　　址　106 台北市安和路 2 段 213 號 9 樓
電　　話　(02) 2377-1163、(02)2377-4155
傳　　真　(02) 2377-1213、(02)2377-4355
E-mail　service@sanyau.com.tw
郵政劃撥　05844889 三友圖書有限公司

總 經 銷　大和書報圖書股份有限公司
地　　址　新北市新莊區五工五路 2 號
電　　話　(02) 8990-2588
傳　　真　(02) 2299-7900
初　　版　2024 年 6 月
定　　價　新台幣 420 元
I S B N　978-626-7096-88-8（平裝）

國家圖書館出版品預行編目 (CIP) 資料

血型殺人事件——「O × A→B ?」，甲賀三郎推理小說選集 / 甲賀三郎 著 ; 侯詠馨 譯 .-- 初版 . -- 台北市 : 四塊玉文創有限公司 , 2024.06
224 面 ; 14.8X21 公分 . -- (HINT : 16)
ISBN　978-626-7096-88-8（平裝）

861.57　　　113005669

HINT

HINT